REC

Chikuwa
人懐っこい幼馴染
犬飼 愛理
〔犬飼ちくわ〕
「飼い主殿のみんなー！
猛犬系ストリーマーの
犬飼ちくわだよー！」
地味な主人公
篠崎 優斗
〔モブ〕

深河プロ所属の配信者
猫島 紬
〔珠捏ねこま〕
「どうも、モブです」
「おはよう人間！化け猫ストリーマーの珠捏ねこまでーす！」

ダンジョンボス攻略!?
スペシャルコラボ配信
#犬飼ちくわ #珠捏ねこま #スペシャルコラボ
犬飼ちくわ

俺の物欲センサーがぶっ壊れているらしいので、トップ配信者の幼馴染と一緒にダンジョンにもぐってみる

～正体バレたくなくて仮面被《かぶ》ってたらなぜかクールキャラとしてバズった～

奥州寛

ぶんか社

C O N T E N T S

1　猛犬系ストリーマーは子犬系幼馴染

生まれついての人気者っていうのは、まあそれなりにいるわけで、もっと言えばテレビとか見ればその人気者の中でも人気者、エリート中のエリートみたいな存在は、案外簡単に見ることができる。

『飼い主殿のみんなー！　猛犬系ストリーマーの犬飼《いぬかい》ちくわだよー！』

今ネットの向こうでストリーム配信をしている彼女、犬飼ちくわもそんな上澄みの一人である。

「どこが猛犬定期」

「おはチワワ」

「ミニチュアダックスフンドに負けそう」

滅茶苦茶に叩《たた》かれているように見えるが、これが平常運転である。

『今日はケルベロスに挑戦しちゃうよ！　応援よろしくぅ！』

「無理すんな」

「怪我《けが》したらどうするんだ」

「救護班の人いつもお疲れ様です」

セルフプロデュースとして、彼女はいわゆる身体《からだ》を張った「汚れ系」を選んでロールプレイしている。なんでも「そっちのほうが炎上した時に許してもらいやすい」かららしい。

それでもこういう系統の配信者は伸びづらいものなのだが、彼女は生まれ持っての明るい性格と、圧倒的なルックスによってそれをねじ伏せている。いわゆる「美人だけどあいつだけは恋愛対象として見れないわー」とクラスの男子全員から言われつつ、そう言っている全員が心の中で（まあ、あいつの良さをわかってるのは俺くらいだがな）と考えているようなパターンである。

なので、先程の書き込みも叩いているというよりも「好きな女の子には意地悪したくなる心理」である。

まあなんというか、それでも好意を素直に伝えてくる奴《やつ》もいるんだが、不可侵条約というか、紳士協定というか……あまりファン同士からは好かれていない。

逆に勘違いして「ヘタクソ」とか「死ね」とか言うような輩《やから》もいるのだが、そちらは運営対応に加えて、ファンからのネット私刑もありうる危険な行為となっており、彼女のファンコミュニティで仲良くやるには、思春期の中学生みたいな恋愛観と繊細なバランス感覚を持っていなければならない。

さて、今日の配信内容はダンジョンボス「ケルベロス」討伐と書いてあるが、実際に挑戦するかどうかは考え物であり、ちょっと戦って「ま、まあ今日はこれくらいで勘弁してやるか」的な物言いをして採取をして回る。みたいな配信をしているのがいつもの流れである。

この辺りが「チワワ」と呼ばれる所以《ゆえん》であるが、彼女自身「ちくわ」なんていう狙っている名前をしているので、今の芸風は計算づくのものだろう。

『っ……はぁ、ちょ、ちょっと今日は調子が悪いからこれくらいにしようかなー？』

「いつもの」

「リスポーン地点」

「親の声よりよく聞いた負け惜しみ」

未知のエネルギー「ゾハルー」が発見され、それと同時にダンジョンが発生してから二十年、初期は相当な災害として認知されていたが、人類はなんとか未知のエネルギーの利用法を見つけた。それが身体強化を行う「スキル」と他者に干渉する「魔法」である。

その二つを使い、人類はダンジョンの封じ込めに成功する。現在のところ、危険が無いわけではないのだが、一応は管理できている。

管理できるとなると、次は利用したがるのが人類である。新エネルギー「ゾハル」の原料はダンジョン内にあり、それを採取する探索者が職業として認知され始めたのだ。その辺りのゴタゴタは授業でやったが、ろくに聞いていなかったので忘れてしまった。

とりあえず、今の俺たちに重要なのは「ダンジョン探索者がストリーム配信で今一番アツい」ということである。

『あっ』

画面に目を戻すと、彼女が何か土色をした塊を採掘したところだった。

「は？」

「遺物系装備拾ってて草」

「研磨石《けんませき》マラソン開始である」

どうやら彼女が手に入れたのは、結構なレアアイテムらしく、コメント欄が高速で流れていく。

それと同時に赤色の課金コメントがすごい勢いで飛んでいった。

『わわっ、御主人さまたちありがとー！　スパコメは夜に返信するね！　……ってことで！　配信はいったん終わろうかな！』

「地獄の耐久配信待ってます」

「研磨石二〇〇個集めるまで寝られません配信するってマジ？」

「手伝いたいけど研磨石なんて採掘しないで捨てちゃったからなあ」

配信が切られた後でもコメント欄ではレアアイテムと研磨石とやらの話が続いていた。

「ふぅ」

俺は配信画面を閉じて、別の動画を見るためにスクロールをしていく。

しばらくスクロールすると、丁度よさそうな動画を見つける。クソゲーのRTAである。長い再生時間が表示されており、プレイ時間の水増しを強制されているのが、ありありと感じられるものだった。そうそう、こういう悪意しか感じないクソゲーのRTA好きなんだよな。

しばらく見ていると、スマホに着信があった。相手は幼馴染《おさななじみ》の犬飼愛理《いぬかいあいり》である。

「どうした？　愛理」

「優斗《ゆうと》ごめん！　助けて！」

通話口に聞こえてきた第一声がこれである。俺は溜息《ためいき》をつきたくなるのを堪《こら》えて、冷静に返す。

「わかったよ、今度は何？」

「研磨石二〇〇個集めなきゃいけないの！」


――


待ち合わせ場所の喫茶店に向かうと、犬飼ちくわがいた。

格好はかなり地味な服に着替えていたし、黒ぶち眼鏡でかなり印象が変わっていたが、彼女の可《か》憐《れん》さは隠しきれるものではないので、間違いなはずがない。

「お待たせ」

「優斗！　ありがと、急でごめんね」

「いや、まあいいんだけど」

子犬を彷彿《ほうふつ》とさせる人懐っこい笑みで、彼女は俺に走り寄ってくる。そう「犬飼ちくわ」の本名は「犬飼愛理」――つまり、俺の幼馴染なのである。

「それより、研磨石ってなんだよ」

「えっと、そんなにレアな素材じゃないんだけど――」

彼女が言うには、売値もそこまで高くないし、ありふれている素材らしい。ただきっきの配信で手に入れた物を使えるように加工するためには、かなりの数が必要になるらしかった。

「普通に一回探索したら一〇個くらいは手に入るんだけど、それを二〇回も繰り返すとなると……だからお願い！　一緒に回って採取を手伝って！」

二人で手分けすれば、すぐに集まるということらしい。だが、それには問題があった。

「いいけど俺、探索者登録してないよ」

そう、ダンジョンにもぐるには探索者として登録しなければいけない。救護保険だとかそういうものもあるし、色々と面倒なのだ。

「大丈夫！　ボクがほとんどやっておいた！　あとはサインするだけだよ！」

そう言って愛理は数枚の書類を取り出す。そこにはいくつか鉛筆で丸が付いており、そこに名前を書くだけで終わりそうだった。

促されるまま「篠崎優斗《しのざきゆうと》」と自分の名前を記入して、愛理に返すと続いてＱＲコードの表示されたスマホを見せられる。

「はい、じゃああとこれ読み込んで、アプリ入れたら自分のスキル確認できるようになるから」

そう言われて、俺は自分のスマホにアプリを入れる。プロフィールとかは全部事前に入力してあるようで、その中にある「ステータス」の項目をタップする。だが、そこには何も書かれていなかった。

「え、なんも書かれてないけど」

「そりゃ今はまだ探索経験ないもん。でも大丈夫、行動記録がついてて、その傾向から最適なスキルが付与されるようになってるから」

「ゲームの熟練度みたいな？」

「ま、それが近いかな？　下手に向いてないスキルつけると思わぬ事故につながるから、こういう形になってるみたい」

「ふーん」

まあ、そんなに本格的に探索者をするつもりもないし、別にいいか。

そう思って俺はスマホをポケットに入れて立ち上がる。

「じゃあ、行くか。夜にはスパコメ読み配信するんだろ？」

課金して付けられたコメントには、反応しなければいけない。配信者の不文律《ふぶんりつ》である。それをするためには、あと数時間しか余裕が無いわけなのだが、間に合うのだろうか？

「うん、とりあえず五〇個も集まればいいかな」

愛理が言うには、一周自体はすぐに終わるものの、別のダンジョンへの移動時間なども考えると、三つほど回るのが精いっぱいなようだ。

「一晩寝ないで集めればギリギリ二〇〇個集められそうだけど……それは付き合わせるの悪いしねっ！」

「……お気遣いありがとうございます」

それに付き合わせられるとしたら、さすがに断っていたかもしれない。

「そういえば採掘用アイテムとか防具は？」

バスでの移動中、ふと気になったことを愛理に聞いてみる。考えてみれば、防具や武器になる物も無しに、ダンジョンにもぐるなんて自殺行為だし、ピッケルのような物もなくては採掘はできないだろう。

「大丈夫、初心者用に配られるよ。ボクは自分の物をＺＥＴのクラウドストレージに入れてるしね」

そう言って愛理はスマホのアプリ画面を見せつけてくる。そこにはいくつかの装備とピッケルやスコップといった採集用のアイテム名が並んでいた。

「へー、さすがＺＥＴ」

「でしょー？」

ゾハル・エンジニアリング・テクノロジー略してＺＥＴ、ある程度の物質を情報化してクラウド保存する技術だ。さすがに生き物はできないが、この技術のおかげで、物流の問題が解決されたのは記憶に新しい。

俺と愛理はそんな話をしながらバスを降りて、ダンジョンの入り口に到着する。書いた書類を受付に提出すると、スマホと同じくらいのタブレットを渡された。

「これは探索者の識別票と、採集用道具が格納された物理ストレージです」

識別票には「篠崎優斗」という名前と、ナイフにプロテクター、採集用道具、そして空き容量が表示されていた。どうやらこれが中身ということらしい。

「まあ容量少ないけど、ダンジョンに持っていけるのはこの物理ストレージだけだからね」

言いながら、愛理は彼女の識別票にデータをダウンロードしている。クラウドが倉庫で、物理が手荷物みたいなイメージなんだな、俺はなんとなくそう思った。

「よし、じゃあ装備を展開しよっか」

ダンジョンの入り口をくぐったところで、愛理はタブレットを操作する。すると彼女の手にピッケルが現れた。

「防具は着けないのか？」

配信中は、目立つ上にファンシーな装備を身に着けていたが、今は普通の服装のままである。少々不用心じゃないだろうか？

「あ、大丈夫大丈夫、あれは配信用の衣装だし、ZETの技術で装備してる効果だけ受けられるんだ。まあダンジョンの中限定だけど」

ほう、なんとも便利である。そう思いながら俺はタブレットを操作して、全身の防具装着と、ピッケル呼び出しを行った。

「なんか変な感じだな」

「あはは、ボクも最初はそうだったな。でもすぐ慣れるよ」

話をしつつ、タブレットからマップアプリを起動して、ダンジョンの全体を把握する。地図を縦に分割して、左方向が愛理、右方向が俺の担当になった。

「採取場所はARカメラで把握できるし、同定もしてくれるから――あ、そうそう、あと、初心者用だから大丈夫だとは思うけど、危なくなったら逃げてね」

「ああ、わかった」

そう言葉を交わして、俺たちは二手に別れる。


――


ダンジョン配信をよく見ていたので、知っている気になっていたが、実際のダンジョン攻略は随分地味だった。攻撃的な魔物もそう多くないし、ARカメラ越しに見ると、危険度Fとか書かれた情報がそこかしこに浮かぶ。

俺はその中で「採掘ポイント」と書かれた場所に向かってピッケルを振り下ろしてはストレージに研磨石を入れていく。副産物で青みがかった鉱石が採れるので、それもついでに入れていく。

どうやら種類ごとにアイテムはスタックできるようで、二〇を超える研磨石の容量は、想像以上に小容量だった。

うん、これなら五〇個くらい結構簡単に集まるかもしれないな。

俺がそう考えながら次の採取場所を探していると、ARカメラに赤色のアラートが表示された。

何かマズいことを直感的に感じて、俺は走り出す。すると後頭部を何かが掠《かす》めていった。

「っ……！　なんだ⁉」

驚きと共に振り返ると、視線の先には小型の哺乳類《ほにゅうるい》がいた。モグラのようでもあり、兎《うさぎ》にも見えないこともない。とりあえずわかるのは前足の長い爪で引っ掻《か》かれると痛いでは済まないだろうということだ。

魔物――。

その言葉が頭に浮かんだ瞬間、反射的にナイフをストレージから取り出していた。初心者用の装備と聞いているので、強力な効果があるとはとても思えないが、採取用のピッケルよりはマシだろうと判断した。

よくわからない魔物は、威嚇《いかく》を続けている。ナイフ自体は想像よりも刃渡りがあってありがたいが、それ以上に初めての命のやり取りが、こんな場所で発生してしまったことに、俺は動揺していた。

「っ、うわあああっ‼！」

声を上げて、ナイフで切りかかる。魔物はすばしっこい動きで俺に向かって爪を伸ばしてくる。

相手に俺に攻撃をする意思があるのは明らかで、爪が喉元《のど》めがけて真っ直《す》ぐに迫る。

「ピギッ!?」

真っ直ぐに迫っているということは、軌道が読みやすいということで、俺は幸いにもその軌道にナイフを差し込むことができ、魔物に致命傷を与えることができた。

「はぁ、はぁっ……」

怖かった。まだ心臓が脈打っている。

俺はなんとか呼吸と心音を落ち着かせつつ、ぐったりと動かなくなった魔物の様子を見る。まだ息があった。

「っ……そうだ。ARカメラ！」

さっきまで色々な情報を表示してくれていたのだ。この後するべきことを教えてくれるはず——！

そう思ってタブレットのカメラを起動すると、魔物の名前といくつかの情報が表示される。

名称：モーラビット
状態：瀕死《ひんし》
採取可能素材（死亡時）：小さな毛皮、モグラの爪、尖《とが》った牙
テイミング：可

殺せばいくつかの素材が手に入るようだけど、俺自身そんなにダンジョンにもぐるつもりは無いし、特にこんな所で手に入る素材なんて、たかが知れているだろう。

むしろ、今息絶えようとしている存在を前にして、とどめを刺すのもなんかかわいそうな気がする。なので、テイミングというものをしてみようと思う。

テイムは飼いならすっていう意味だし、少なくとも殺すなんてことよりはマシなはずだ。俺はそう思ってタブレットのテイミングと書かれたボタンをタップする。

「うわっ!?」

すると、魔物が緑色の光に包まれて、その光が収まると先程の元気な姿で再び現れた。しかし所々に発光する機械が取り付けられており、全体的に柔和《にゅうわ》な感じの印象を受ける。

テイミング成功

名称：■

タブレットを見直すと、こんな表示とキーボードが表示されていた。どうやらテイム成功したから名前を入力しろ、ということらしい。

名前なあ……モーラビット、モーラビット……。

しばらく考えた後、俺はキーボードでフリック入力をする。

「モビ」

モグラの「モ」にラビットの「ビ」である。とりあえず今思いついたのはこんな名前だが、俺しか見ないのだからいいだろう。

モビは名前を与えられたことを嬉《うれ》しそうにアピールすると、ストレージの中に入っていった。どうやら普段はストレージで過ごしているらしい。

「……っと、研磨石探さないとな」

ストレージ内のリストに書かれた「モビ」の文字をまじまじと見ていた俺だったが、はっと我に返ると、研磨石の採掘作業に戻ることにする。


――


「優斗、どれくらい集まった?」

「まあ、普通くらいだな」

愛理と合流した俺は、自分のストレージにある研磨石の数を見る。52個と表示されているので、愛理の話通りの数が採れたと思う。その画面を愛理に見せると、彼女は素《す》っ頓狂《とんきょう》な声を上げた。

「えええええっ!?　どこが普通なの!?　おかしくない!?」

「いや、愛理が言ったんだろ。大体五〇個集まるって」

「一日でね!?　あと二か所ダンジョン回って、二人の集めた量を合わせて五〇個ね!?」

ん……？　そうだったか、だとしたらラッキーだな。

「まあ、早めに集まりそうでよかったよな」

ストレージ間の移動をさせながら、興奮気味の愛理に俺は言う。これでもまだ四分の一なのだ。まだまだ先は長い。

研磨石を全て渡し終えると、俺のストレージには最初からある物と、いくつかの鉱石、そして「モビ」だけが残っていた。ストレージの残りはまだ余裕はあるが、もう少し整理したい気もする。

「じゃあ、次のダンジョンに行こっか」

「え、まだ回るの？」

「当然！　配信始まる直前までやるよ！」

妙に熱量がある愛理に付き合って、俺はまた次のダンジョンに向かう羽目になった。次の場所は電車で少し移動しなければならない。全く、俺がフリーターでよかったな。

「そういえば、魔物をテイムしたんだけど」

移動中ということで、手持無沙汰《てもちぶさた》になったのでテイミングのことを聞いておくことにした。

「え？　テイム？　本当に？」

「ああ、モーラビットって魔物なんだけど」

そう言って俺は物理ストレージの「モビ」と書かれた項目をホールドする。すると魔物の詳細が表示される。

名称：モビ
種族：モーラビットLv1
力：1
知：1
体：1
速：2

「わ、ホントだすごい！　テイムモンスターなんて初めて見た！」

「それって弱すぎて誰も使ってないってこと？」

「確率が低すぎて滅多にお目にかかれないってこと！」

出しておけば自動で主人を守ってくれる存在で、餌《えさ》となる素材をつぎ込めば成長させることもできる、とのことだった。

「へえ、強化素材とかあるんだ」

「ちょっとこれも数が必要だけどね、対応した素材があればストレージ内で加工して強化ができるはずだけど」

今表示されているステータスの横に「＋」マークがあったので押してみる。するといくつかの素材が表示されて、灰色になっている強化ボタンがあった。

強化素材の収集状況は、青い鉱石が10／20、青い薬草が0／10、鋭い牙が0／1だった。

「ふーん、強くしといたほうがよさそうだな」

「そうだね、結構際限《さいげん》なく強くなるらしいから、安全にダンジョン探索するなら強くしておいて損は無いよ——あ、ちょっと待っててね」

愛理はそう言うと、自分のクラウドストレージを漁《あさ》り始める。しばらく探した後、俺のストレージにアイテムが送られてきた。中身はモビの強化素材だ。

「ボクのレベルまで来るとここら辺の素材は余ってるから、一回の強化分はプレゼントしてあげる。研磨石のお礼だと思って受け取って」

「あ、ああ、ありがとう」

返事をして、俺はモビのステータス画面から「強化」ボタンをタップする。一瞬だけ画面が光ったと思うと、モビのステータスが上昇した。

名称：モビ
種族：モーラビットLv2
力：2
知：1
体：1
速：3

力と速が上がったということは、すばしっこくなって攻撃力が上がったということだろうか？モビの姿を見ると、そこまで変化した様子も無いが、まあこんなものなんだろう。

――

「じゃあ次はここ！　今度は左右逆に担当しよう！」

どうやら、さっきのダンジョンで愛理は十個も採れなかったらしく、運の悪さをなんとかしたいらしい。担当を逆にしたところで、運の悪さはどうしようもないと思うんだが……まあ、いいや。

そういう訳で俺はダンジョンを探索しつつ、ARカメラでモビの強化素材をついでに探すことにする。ダンジョン探索を頑張るつもりはないが、あのモフっとした見た目はペット代わりになりそうだったので、素材採取だけしにダンジョンにもぐってもいいかもしれない。

俺は愛理と別れたところでモビをストレージから召喚する。

「ピキー！」

人懐っこそうな鳴き声と共に現れると、モビは周囲をひとしきり走り回ってから頭頂部に腰を落ち着ける。どうやら周囲を警戒してくれているらしい。

「よし、行くか」

「キュッ！」

言葉が通じているのかいないのか、よくわからないまま俺たちはピッケルを担いで道を進んでいく。

途中にある採掘ポイントにピッケルを振り下ろしては、研磨石をストレージへと入れていく。青い薬草もついでに採っておこうということで、ARカメラを頼りにいくつかの草地を刈っていく。

それはそうと、カメラを構えながら採取しなきゃいけないの、結構めんどくさいな。どうにかできるといいんだけど……。

そう思いながらピッケルを振り下ろすと、金色に光る塊がこぼれ落ちた。

「おっ？」

金目の物かもしれないし気になったのでカメラ越しに確認すると、確認した瞬間に消滅してしまった。

「？？？」

周囲を見たり、ストレージを確認するが、何も変化が無いように見える。むしろ、俺が拾ったと思ったのが気のせいだったのかもしれないと思えるほどだった。

「……なんだったんだ」

俺が不思議に思っていると、ストレージのアイテムが唐突に増えた。金色の石が反映されたのかと思ったが、モビが魔物を倒して、その素材がストレージに格納されたようだ。

入ってきたのは小さな皮とモグラの爪、そして尖った牙。採取していた青い鉱石とか薬草と合わせれば、モビをもう一段階強化できそうだった。

「モビ、戻ってきて」

「キューッ！」

俺が声を掛けると、モビが赤黒くなっている爪を光らせながら戻ってくる。そうか、モビ自身モーラビットを倒した直後だもんな。そりゃあ血まみれの爪で戻ってくるか。

モビがストレージに戻ったのを確認して、ステータス画面から強化を行う。その結果、ステータスがまた上昇した。

名称：モビ
種族：モーラビットLv3
力：2
知：2
体：1
速：4

この傾向を見ると、どうやら速のパラメータがよく伸びるらしい。その代わり、体の伸びが今ひとつで、いわゆる「当たったら死ぬ」タイプのステータスだということがわかった。

俺はもう一度モビを呼び出して、周囲の警戒をさせる。

「キュイッ!」

可愛《かわい》らしく鳴いて、再び頭に登る。心なしか重量が増しているように感じて、俺はなんとなく「育ってるんだなぁ」と思った。


――


「さっきのと合わせて68個……うーん、物欲センサーが恨めしい」

待ち合わせ場所に戻ると、愛理がぐったりした様子で待っていた。どうやら本当に全然集まらなかったらしい。

「初心者用ダンジョンじゃ副産物も望めないし、最悪だよー……」

「とりあえず、お疲れ」

俺はそう言って、採れた研磨石57個を愛理のストレージに移動させる。

「ありがと……ってここでもこんなに採ってるの!? 物欲センサーぶっ壊れてない!?」

「物欲センサーが何かわからないけど、とりあえず俺自身は何も不調は無いぞ」

愛理は時々訳のわからない言葉を使う。少なくとも俺は健康そのもので、道具類も渡されたばかりなので壊れてはいないはずだ。

「それより、採掘してる時、金色の欠片《かけら》が出てきたような気がするんだが、ストレージにもどこにも入ってないんだ」

あれは一体なんだったのか、わからなくて不安になったので聞いてみることにした。

「どこにも入ってない？　ちょっと見せて」

愛理に識別票を渡してチェックしてもらう。さすがに何か光の加減で見間違えたにしては、はっきりと見えていた。一体あれはなんだったのか。

「んー……あっ」

「わかったか？」

愛理が声を上げたのに反応して、俺は問いかける。

「これこれ、魔石だよ」

そう言って彼女が見せてくれたのは、ストレージ容量の端に表示されたひし形の模様だった。そのひし形は四分割されており、一番下の小さいひし形が光っていた。

「これは強力な魔法を使う時とかに使うやつだね。あとはテイムモンスター関連でも何か使った気がするけど、あんまりテイム成功する人がいないから忘れちゃった」

「ふーん」

てことは、使おうとすれば俺も魔法を使えるんだろうか？

「ま、使いたいなら魔法の使用申請をしないとね。高レベルの魔法はゾハルエネルギー取り扱い免許とかも必要になってくるし」

俺のはかない幻想は早々に打ち砕かれた。免許とか講習とかは面倒なのであまりとりたくはない。

「それにしても、今一二五個かぁ……」

そう言いながら、愛理は自分のストレージをまじまじと見る。このペースで行けば、今日あと一つ回ってから、明日一つ回ればそれなりの量は揃《そろ》いそうである。

「じゃあ愛理、もう一か所回ったらまた明日――」

「ね、優斗、ボクの配信に出てみない？」

唐突に、愛理は俺の手を取ってそう言った。


――


駅前の大手百貨店――に間借りしたテナントが入っており、そこでは探索者向けの色々な物が揃っていた。

「よし！　それじゃあ優斗をいっぱしの探索者に仕立ててみよう！」

愛理の希望としては、俺の規格外の幸運（？）を撮れ高に、配信をしたいらしい。俺としては、こんな初心者が地味にピッケルを振ってる姿なんて、誰も見たくないと思うのだが、どうもそうでもないらしい。

「優斗、何か欲しい物はある？　多分ちょくちょくゲストで呼ぶから、経費で落とせると思うし奢《おご》っちゃうよ」

「いや、何があるか知らないし……とりあえず身バレはしたくない……」

そう言いながら、俺は商品棚を見ていく。

商品棚と言っても、ただ商品が置いてあるわけじゃない。備え付けのタブレットに商品名がずらっと並んでいて、タップした物がサンプルとしてホログラム表示されるのだ。

何か丁度いいのが無ければ、近くの洋服屋でフードのあるパーカーでも買おうかと思っていると、探索補助具の項目で手が止まった。

「お？　そこが気になる？」

「ARカメラ。識別票タブレット片手にうろつくのが面倒でさ」

どうやら上級者はカメラで確認するまでもなく、採取ポイントを把握しているらしいけど、俺にとっては絶対に必要な物だった。

「そこら辺のアタッチメントだと、ウェアラブルデバイス系のほうがいいかな」

そう言って彼女は眼鏡とか時計とかがずらっと並んだリストを表示させる。どうやら識別票と同期して、情報を視界や腕時計の文字盤に表示してくれる代物《しろもの》らしい。

俺はそれを上から順番に見ていき、ある商品の所で手を止めた。それは真っ白な仮面とでもいうべき物で、口元以外を全て覆《おお》う装置になっていた。品名は「Persona Expert 1.0」と書かれている。

「これ……」

顔が見えない。情報の表示量が多い。無線での通話機能もある。識別票でできることが全てこのデバイスで完結していた。

「えー……もしかしてこれが気にいっちゃった感じ？」

「ああ、欲しい機能が全部ある」

結構値段は張るかもしれないが、俺にとってこのデバイスがベストのように思えて仕方がない。

「んーまあ、いいよ」

もっと渋られるかと思ったが、愛理は案外素直に受け入れてくれた。

「これねー、去年の年末に出たんだけど、あんまりにも不評で値段が暴落したんだよね」

「え、そんなダメなやつなのか？」

「んー正直、顔出しのほうが圧倒的に人気出るし、ちょっとゴツすぎてね。顔出しNGストリーマーも眼鏡とかオーバーグラスにマスクのほうがまだまだ主流だし」

言われて値段を見ると眼鏡型のデバイスの半額くらいの値段で買えるようになっていた。

「まあ、大きい分性能は高いから、悪い物じゃないと思うよ」

とのことなので、俺はこの仮面型のデバイスを買うことにした。

——

「そういえば、配信に映る時の注意とかあるか？」

配信用ドローンを調整している愛理に、仮面型デバイスのセットアップが終わった俺は問いかける。

「んー、普通にしてて大丈夫だよ。素人にストリーマーみたいな受け答えは期待してないし、むしろウケ狙いで変なことされると対応に困っちゃうからいつも通りでいて」

「わかった」

確かに、言われてみれば愛理は配信用とプライベート用であまり性格に乖離《かいり》は無い。目立とうとした結果大炎上するみたいな迷惑系ストリーマーがいるので、それを警戒しているのだろう。

俺も少しマナーよく振る舞うようにしたほうがいいかな？　そんなことを考えつつ、タブレットを弄《いじ》る。

どうやらモビにはレベルという概念があるが、俺にはそういったものはなく、装備品とスキルでステータスが決まるらしい。

配信でもぐる予定なのは、初心者用のダンジョンである。だから装備は初心者用のプロテクターでいいんだが、少し味気ないように感じてしまう。というか大体初期装備は必要最低限の能力しか備えていないのが相場だろうから、早いところまともな装備を揃えたかった。

「なあ、装備ってどうやって更新するんだ？」

「ん、色々あるよ」

そう言って、愛理は設定画面から顔を上げる。

「例えば、魔物を倒して手に入れた素材を使って強化をお願いしたり、鉱石系の素材でも同じことができるよ。あとはボクが配信で拾ったみたいに、ダンジョンに落ちてることもあるね」

識別票タブレットの画面を操作すると、装備生成画面が現れる。どうやらこれに従って素材を集めることで、装備品が出来上がるらしい。

「買ったりはできないのか？」

「ゾハルエネルギーで出来た物は、ゾハルエネルギーでしか対抗できないから、ダンジョン内で採れた物をもとに加工するのが一番楽なんだって」

「へー」

そう答えながら、一覧を見ていくと、やはりすぐに完成する装備は無かった。まあそんな簡単にはいかないよな。

なんとか出来そうなやつが無いか探していると、ショートパイクという名前の槍《やり》が「大樹の枝」という素材で出来上がりそうだった。リーチが長く敵と距離を取って戦える武器は、安心感があるし、次に作るとしたらこれだな。それに、大樹の枝なんて名前なら普通に採取だけで揃いそうだし。

「よし、設定終わり！　これでこのドローンはボクと優斗を追いかけるようになったよ」

「え、俺はちらちら映り込むモブくらいでよくない？」

愛理が作業から解放された声を上げると、俺はその言葉に突っ込みを入れる。撮れ高を気にして変な行動するなと言っておきながら、これはなかなかハードルが高い。

「いいのいいの！　ていうかテイムモンスターっていうだけでも十分撮れ高あるんだから、自信持って！」

そんなもんかなあ……非常に不安だが、まあプロである愛理の言うことには従っておこう。


――


「飼い主殿のみんなー！　猛犬系ストリーマーの犬飼ちくわだよー！」

スピーカー越しじゃない挨拶《あいさつ》にちょっとだけ感動する。

配信開始となったところで、俺たちは自宅から少し遠い所にあるダンジョンで配信をしていた。

「今回はお昼のコメント返信と、同時並行で研磨石を掘っていきまーす！」

仮面の下で、配信画面がＡＲ表示される。俺の視界には様々な表示があり、視線の位置をＡＩが感知してその都度必要な情報を追加で開示するようになっていた。

確かに仮面型のデバイスは大きくゴツいが、それ以上に快適だった。不評というのは、愛理が言う通り「ストリーマーにとって」ということなのだろう。

『ちくわちゃん昼の間にどれくらい集めたの？』

『配信何時まで？』

『手伝いにパーティ組みませんか？』

コメントが大量に流れる。愛理――いや、配信中はちくわって言ったほうがいいか、彼女は愛想よく返事をしつつ、スパコメの読み上げをしていた。

「――それでねー、研磨石集めるの大変じゃない？　だから、ちょっと今日はお手伝いさんを呼びました！」

反応が一区切りついたところで、カメラが俺に向く。配信画面に映る俺の姿は、なんというかゲームのモブそのものだった。

「どうも、モブです」

だからこそ、俺はこのハンドルネームを使うことにした。主役はあくまで犬飼ちくわ、俺はただのお手伝いさん。そういう印象付けも狙ってのことだった。

『モブって、そのまんますぎｗ』

『ソシャゲの★2キャラかな？』

『げ、男かよ』

反応はちくわの時と似たり寄ったりだが、所々で裏側にある警戒心が透けて見える。顔出しでやっていたら恐らくこれ以上の針のむしろ状態だっただろう。

「今日は二人で掘っていくんだけど……モブ君、アイテムストレージ見せて」

「はい」

名前とか表示された個人情報を隠しつつ、自分のアイテムストレージをドローンに見えるように提示する。

「で、みんなよく見ておいてほしいんだけど、モブ君は研磨石一個も持ってないし、今日探索者になった初心者だから優しくしてあげてね！」

『了解ー』

『初心者でちくわと組まされるのかわいそう』

『ま、まあ、今日はボス討伐しないはずだから……』

初心者という言葉で、リスナーの空気が少し同情が混じったものに変わる。なるほど、こうやってコントロールしてるんだな、さすがはトップストリーマー。俺は素直に感心した。

「そういう訳で、なんとかお昼にスタッフに手伝ってもらってかき集めた一二五個の研磨石！　あと七五個頑張って掘っていこう！」

そう言ってちくわは拳を振り上げる。そういう訳で、俺の初参加配信が始まった。


——


俺がピッケルを振り、ちくわがコメ返し含めた雑談配信をする。そんな流れで配信は続いていた。

「キュー……」

ちくわが完全に雑談配信に意識を取られているので、俺は自衛のためにモビを出していた。

ちなみにモビは採掘を繰り返す中、成長素材をひたすら食わせたので、結構強くなっていた。ステータスとしてはこんな感じだ。

名称：モビ
種族：モーラビットLv9
力：5
知：4
体：2
速：6

やっぱり速＞力といった感じの伸びだ。知っていうのがなんなのかわからないが、立ち回りが賢くなったりするのだろうか。

そして、一つわかったことがある。モビはこれ以上強くならないのだ。

いや、正確には強くなる要素はあるものの、現状ではどうやっても強くなれない。なぜならこれ以上強くなるには進化という項目を満たす必要があるのだ。

これはどうも、初心者用のダンジョンでは落ちていない素材が必要なようで、森の雫《しずく》という素材が必要らしかった。

『あれ、モブの肩に乗ってるのって、テイムモンスター？』

リスナーの一人が、そんなことを書き込んだ。

『うわ、ホントだモーラビットじゃん』

『ちょっとよく見せてくれよ』

『日本にテイムモンスターっていたんだ』

「え、ちょ、みんな落ち着いて」

ちくわが慌てていたので、助け舟を出すつもりで俺は採掘を中断してドローンに近づく。

「んーバレちゃったね。そう、実はビギナーズラックってやつかな、お昼の裏作業の時にテイムできちゃったんだって。モブくんその子を紹介してあげて」

「こいつはモビです」

「キュイッ！」

あんまり自慢げに聞こえないようにモビを紹介する。モビは言葉がわかっているのかいないのか、短く鳴いて反応を返した。

『モブとモビってw適当すぎるだろww』

『うわー初めて見た。大事にしてあげてね』

『強化素材の必要量がえぐいやつじゃん。初心者でこいつは大変だろうな』

わかりやすいようにモビのステータス画面を表示させて、ドローンに向けて見せるとコメントが滝のように流れた。

「そうそう！　テイムモンスターってかわいいよね！　これからもちょくちょく手伝ってもらうか

ら、モブ君とモビちゃんもよろしくねー！」

　そう言ってちくわは話題を次のスパコメに移行させる。俺は近くの採掘ポイントへと歩いていって、ピッケルを振り下ろす作業に戻る。あと十個ほど採れば75個まで届くはずだ。

「えーと、次のコメントは『研磨石集めるの大変ならいいダンジョン知ってますよ場所は――』あーっと、住所はあんまり書かないほうがいいかな？　それに研磨石はもうすぐ全部集まるし、心配ありがとー！」

　そう話している間に、俺は研磨石を集め終えた。ちくわに報告しようかと思った時、流れるコメントが目に入った。

『二〇〇個もう集まったとか嘘《うそ》じゃなかったら一〇人とかそんくらい集めないと無理だろ。初心者にそんな負担かけるなよ』

　別に負担だとも思ってないが、反論するにもここはちくわのチャンネルだ。下手に騒いで炎上したら迷惑がかかる。俺はそのコメントをした奴の名前を覚えつつ、無視してちくわに報告する。

「ちくわ、集まった」

「ええっ、も、もう!?　コメント半分しか読んでないよ!?」

　半分しか読んでいないとしても、75個集まってしまったのだ。仕方ないだろう。

『は？　もう？』

『早くね？』

『別の物集めてない？』

「ま、まあいいや……えっとね！　モブ君の物欲センサー壊れてるみたいで、すごい勢いで研磨石集められるんだよ！　ほら！」

そう言って、ちくわは俺にストレージを開示するように促してくる。俺はそれに従って、研磨石75個の表示を見せつける。

『マジで集まってて草』

『物欲センサー壊れてるの羨《うらや》ましい』

『モブさん鬼強えええ！　このまま妖怪イチタリナイもブッ殺していこうぜ！』

なんかまたよくわからない概念を言われるが、反応しにくかったので、俺は「あはは」と愛想笑いを返した。


――


俺の素材集めがめちゃくちゃ早いってことでひとしきり話した後、ちくわが口を開いた。

「よし、じゃあ製造していこっか！」

ちくわが昼間の配信で拾った茶色い土の塊にしか見えない何かは、遺物系装備といって、ダンジョンにそのまま生成される武器なのだが、ただでさえ見つかりにくいのに、希望の武器種を引き当てるまで、かなりの試行が必要となっている武器だった。

　これで希望の武器種が出たところで、必要になるのは研磨石二〇〇個をはじめとするありふれた素材を冗談みたいな量を必要とするらしい。

「それじゃー遺物装備ガチャいくよー！　爪か双剣が出たら拍手おねがーい！」

『両手剣と予想』

『これは斧《おの》』

『戦鎚《せんつい》定期』

　誰一人としてちくわが希望する武器が出る予想をしていなかったが、彼女はそれを気にすることなく「製造」ボタンをタップする。識別票タブレットからキャプチャーした画面が、派手な演出をして、茶色い塊が総勢二〇〇個の研磨石に磨かれていく。

「お、これは……」

　二つの細長い形に成形されていく。もしかしたらこれはちくわの希望通りになるんじゃないか、そう思っていると、茶色い二本の棒になったところで研磨石が消失して、製造の演出が終わった。

「やったああああー！　双剣だあっ！」

　え、双剣……？

　このボロボロに錆《さ》びた金属棒みたいなのが？

『めでてえ』

『良かった』

『撮れ高×』

コメントの反応を見ると、どうにも目当ての物が手に入った、という反応だった。一体どういうことなんだろうか。

俺がそんなことを疑問に思っていると、あるコメントが流れてきて納得した。

『さあ次は三〇〇個だ』

つまり、ここまででようやくスタートラインに立ったということだ。ここから恐らく研磨石を三〇〇個とか、そういうものすごい数を要求されていくのだろう。

「いやー良かった良かった。あ、スパコメありがとうございまーす！　みんなも高評価おしてねー！」

将来的に延々とこの何倍も作業をするのかと思うと気が滅入るのだが、どうやらちくわにとっては「嬉しいこと」のようだ。だから俺は黙っておくことにした。

「よーし、じゃあ気分もいいしボス行っちゃおう！」

「は？」

黙っておこうと思ったが、想像の範囲外の言葉が飛び出して、俺は思わず聞き返していた。

『おいチワワ』

『ちょっといいことがあるとすぐこれである』

『我慢できませんでしたか』

リスナーも似たような反応である。そもそも初心者の俺がいきなりボスなんて無理だし、あの錆びた棒きれみたいな双剣があるからと言って、何も有利にはならないのだ。間違いなく正気の沙汰ではない。


「お、おい、ちょっと、聞いてないんだけど」

「大丈夫大丈夫！　初期ステと初期装備で倒してる動画見たことあるし！」

それ動画の人がめちゃくちゃ強かっただけじゃないのか？

「そういう訳で、今日はここのダンジョンボス『エルダードライアド』に挑みまーす！」

『おい誰か首輪持ってこい』

『モブ君かわいそう』

『首輪持ってこいは草』

ちくわ以外のほぼ全員が呆気《あっけ》に取られている中、俺たちはいきなりボスに挑む羽目になった。


ダンジョンにはボスがいる。ゲームで言えば当然なのだが、現実でもいるのだ。それはダンジョンの仕組みが影響している。

新エネルギーにより出現したこのダンジョンは、量子力学がどうとかいうので、ネットゲームで言うインスタンスダンジョンのような形に展開されているのだ。つまり、簡単に言うと入ったパーティの数だけアイテムや素材が落ちてるし、魔物もいるというわけだ。

　これだけ訳がわからない存在と化しているダンジョンなわけなので、当然消滅なんてことはできない。今はなんとか外に出ないように封じ込めて、定期的なダンジョン探索によって拡大しないようにしているという形である。

「さあ、ダンジョンボスの部屋に到着しました！　まあ初心者用ダンジョンだし？　猛犬であるボクもいるし？　モブ君でも楽勝でしょー！」

　大きな扉の前、ちくわが騒がしくドローンに向かって騒いでいる。流れるコメントは半《なか》ば諦《あきら》めのような感情が混じっており、どうやら痛い目を見て帰るのが既定事項になってしまったようだ。

「じゃあモブ君！　扉を開けてね！」

「……ああ」

『さらばモブ……』

『救護班の人いつもお疲れ様です』

『ちょっとさすがに初心者相手に無理させすぎじゃない？』

　ちくわがここまでイケイケな状態なのを考えれば、恐らく十分な勝算があるのだろう。なんだかんだ大きな炎上も無くトップストリーマーを続けてきただけあって、その辺りのバランス感覚はあるはずだ。

　ちくわに促されるまま、俺は扉を押しあける。すると、視線の先では緑色をした植物の蔓《つる》が二本揺らめいていた。

「キューッ」

モビが毛を逆立てて、威嚇をする。俺もストレージからナイフを取り出して、戦闘態勢に入った。

「さー頑張っていこうね、モブ君っ！」

ちくわがそう言ってくるのを頷《うなず》くだけで返して、俺はエルダードライアドの姿を観察する。

見た印象をそのまま話すなら、木が偶然女性に見える形で育ったようだった。両手はそのまま蔓と一体化しており、その見た目からあれで叩かれれば無事では済まない、という実感があった。

「あの……ちくわさん」

「ん？　どうかした？」

「あれって本当に初心者用ボスなんですかね？」

思わず敬語になってしまった俺に、ちくわは親指を立てて満面の笑みを返す。

「大丈夫大丈夫！　実質初心者用ボスだよ！」

その「実質」っていうのがなんとも不安になるが、これ以上騒いでいたら、エルダードライアドの蔓の鞭《むち》で身体の骨を砕かれかねない。俺は半ば諦めと共に歯を食いしばった。

「っ……‼」

身を屈めてなんとか鞭を躱《かわ》しつつ、無言で両腕を振り回すボスを見る。モビの懸命な攻撃で、なんとか傷を負わせていくことはできていた。だが、木で出来ているだけあってなかなかに「硬い」のが問題だった。

生木を切るにはのこぎりが必要で、ナイフやカッターなど軽い刃物では限界がある。力を込めて急所を刺すことができれば、なんとかなりそうではあるものの、現状モビとちくわに任せるしかなかった。

ちくわも、リスナーの言葉に反して熟達した動きでドライアドを攻めているが、彼女自身も植物を切断するということに慣れていないようだった。

どうにかできないか、仮面の中でいくつかの情報を探しつつ、効果のあることを探す。何か使えないか……！

「くっ……がはっ」

鞭に足元を叩かれて、地面に倒れ込む。ボス部屋はドライアド仕様なのか、草が生い茂っており痛みはそこまで無かった。

何か……打開策を探していると、モビのステータス画面に見覚えのないボタンが表示されていた。それと同時に魔石のストックが点滅する。どうやら魔石を消費して何かを発動するらしい。

「……モビっ！」

なんとか立ち上がり、モビの名前を呼ぶ。そして、仮面の下でその何かを作動させた。

「キュッ――」

それと同時に、モビの身体にくっついている機械が強い光を放ち、形状が変化していく。なんというか、攻撃的に。

『おっ？』

『ASAブラストきたあああああ!!』

『めっちゃ配信切り抜かれそう』

光が収まると、モビの身体はそのままに、身体に付いている機械が甲冑《かっちゅう》のように展開していた。

「モ、モビ……？」

「キュイ」

俺の呼びかけに、モビは振り向いて走り寄ってくる。俺が反射的に身構えると、その身体はナイフと一体化した。

「な、なんだ!?」

仮面の下にあるARデバイスに「Ain Soph Aur」と大きく表示され、それと同時に視界の隅でタイマーがカウントダウンを開始する。

そして、手元を見ると、ナイフが形状を変え、光の奔流《ほんりゅう》になっている。俺はその状況から、効果を推察する。

魔石とテイムモンスターの能力を使って、武器の威力を時間制限付きで超強化する。そんなところだろうか。

「っ‼」

だとすれば、タイマーがゼロになる前に力を使わなければ。俺は地面を蹴ってドライアドに突進する。

左右から迫る鞭は、刀身を当てるだけで燃え尽きる。そして俺は、ボスの胴体を一刀両断するようにして振り抜いた。

焼けこげるような音と共にドライアドの上半身が地面に落ちる。それと同時にタイマーがゼロになり、モビが元に戻った。

「勝った……」

モビだよりというちょっと恥ずかしい勝ち方だが、勝ちは勝ちである。俺は安堵《あんど》の息を漏らしてちくわに向き直る。

『モブ油断すんな！』

『まだ終わってないよ！』

『逃げて！』

「は？　――」

コメントの反応を見た瞬間、俺の足元が大きく膨らんで、バランスを崩す。

「アアアアアアアアアアアアァッ‼‼」

耳を覆いたくなるような叫び声と共に現れたのは、女性型本体の下に隠れていた部分、植物で言えば根っこというべき所だった。それは大きな球状の根っこにジャック・オー・ランタンのような顔が付いている物で、球状の根っこから伸びている太い地下茎が、手足のように振り回されている。

「くっ……」

俺は奥歯を噛《か》みしめる。植物型の魔物で移動をしていないなら、当然それは警戒しておくべきだったんだ。俺はナイフで戦おうとするが、ナイフはいとも簡単に弾《はじ》き飛ばされてしまう。

「っ‼」

モビも俺も、万策尽きた状態だ。なんとか逃げ切れればいいのだが――。

「ギシャアアアアアアアアアア！！？！？」

そう思って身構えた瞬間、ドライアドが顔を残して全ての根を地面に落とした。切り口はするどく滑らかで、刃物で斬り落としたもののようだった。

俺が呆然《ぼうぜん》としていると、次の瞬間にはドライアドの顔も半分に切断されている。そしてそこには、そんなことをやってのけた人が立っていた。

「モブ君大丈夫⁉」

「あ、ああ……」

両手に赤い刀身の双剣を持って、ちくわは俺を気遣う言葉を掛ける。

『え』

『ちくわ？』

『何、どうなってんの？』

困惑しているのは、俺だけじゃないようだった。流れるコメントの全てが現在の状況がわかっていないようで、混乱がさらに広がっていく。

「あっ……ごめーん！　ちょっと今日は疲れちゃったから配信終わりっ！　ご視聴ありがとうございました！　また見てねっ‼」

ちくわが我に返ったようにそう言うと、少し乱暴にドローンのスイッチを切った。

インターネットを利用したチャットアプリは複数あり、その中の一つ、犬飼ちくわのファンサーバーでは、先程の配信で起きたことが話題になっていた。

「ちくわって強いの⁉」

そうチャットに打ったのは、新参の住人である。

「いや、それより一緒にいるテイムモンスター連れた男のほうが問題だろ。男の影が無いから安心して見ていられたのに……」

「あーあのモブって奴ね、まあちくわの新たな犠牲者って感じだったけど……っていうかそっちのほうがどうでもよくない？　今まで弱いふりしてたっていうなら炎上案件だけど」

モブというテイムモンスターを連れた新しいゲストと、今までの言動から想像もつかない強さを発揮したちくわ。大きな話題になるには十分だった。

「うわ、もう切り抜き上がってんじゃん『日本初テイムモンスター』と『実は強かったちくわ』だってさ」

「SNSトレンドにも上がってんな、しかしモブってw」

「あーあ、これからどうなるんかね？」

サーバー内の大騒ぎは、明け方まで続いた。

2　テイムモンスターって、意外と珍しいらしい

「……いっ!?」

目が覚めて、寝返りを打とうとしたら全身に痛みが走った。どうやら慣れない身体の動かし方をして、凄《すさ》まじい筋肉痛に襲われているらしい。なんとか痛いのを我慢して、スマホを掴《つか》むと、俺はSNSにアクセスした。

ストリーマー系のニュースを扱うアカウントが昨日のことを取り上げている。なんでも「実は本当に猛犬!? 犬飼ちくわがエルダードライアドを瞬殺!」ということらしい。他にも探索者向けのニュースサイトでは「ストリーマー犬飼ちくわが運営する『猛犬注意!!』チャンネルにて、日本初のテイムモンスター所持者、テイマーが出現」とか書いてある。

前者は後で見るとして、俺は探索者向けニュースサイトを見る。そこではちくわの後ろで地味に採取をしている俺が映っているスクショや、ASAブラストを使用した時のスクショが貼りつけられていた。

ただ、正体に関してはまだ誰も感づいていないようで、しばらくは平穏な生活が送れそうである。SNSアカウントも結構前から情報収集目的の鍵垢《かぎあか》だったし、ネット経由で誰かにバレるなんてこともないだろう。

「ふぅ……」

状況を確認し終えて、俺は身体の痛みを感じながら、昨日の配信が終わった後のことを思い返していた。

――


「えっと、色々聞きたいことがあるんだけど」

倒したエルダードライアドから素材がストレージに回収されたのを確認して、俺はうなだれているちくわ――愛理に声を掛けた。

「愛理って、実は強い？」

「あー……うん、やっちゃったなぁ」

彼女のセルフプロデュースとしては、ガチガチのダンジョン探索者として配信で食っていくのは難しいので、今のような芸風に落ち着いた。という話だった。

「いやぁ、だってボクいわゆる個人勢だし、事務所のバックアップなしで『ダンジョンハッカー』なんて無理だよ……」

ダンジョンハッカーとは、高難度のダンジョンを中心に活動する最前線の探索者たちのことである。

「でも、愛理結構強そうに見えたけど」

「優斗君、強いだけじゃどうしようもないんだよ？」

俺の素人意見は、なんか妙に圧のある愛理の言葉に押しつぶされた。

「うーん、もうこうなったら事務所に参加するしかないかなあ」

「事務所参加すると何かマズいのか？」

愛理が渋々という調子でそう言ったので、俺は少し気になって聞いてみた。確定申告とかの税務処理やら、雑用関係で助けてもらいやすいし、企業相手の商売もやりやすくなるからプラスしかないと思うんだが。

「色々ね、事務所の規約とか、お金がそのまま入ってこないとか、面倒が多いんだよ……」

そう話す愛理の表情は浮かなかった。俺はそんな彼女の側《そば》で、しばらく黙って立ち尽くしていた。

「ふう……後悔と心配終わりっ、後で考えよう！」

どう声を掛けたものか悩んでいると、愛理は立ち上がってそんなことを言った。

「寝て起きたらいいアイディア浮かんでるでしょ！　それより優斗、モビちゃん進化できるんじゃない？」

「え、なんで？」

「足りないのは『森の雫』でしょ？　エルダードライアドのドロップ品のはずだけど」

そう言われて確認すると、確かにステータス画面の「進化」項目が灰色ではなくなっていた。どうやら更に強化できるらしい。

「あ、ああ、できるようになってるな」

「じゃあやってみ――いや、ちょっと待って、進化するのは次回配信の時にしよっか」

進化ボタンをタップしようとした俺は、手を止める。

「は？　次回配信？」

「え、出てくれないの？」

出てくれないも何も、俺はお呼びじゃないだろう。なんで大人気ストリーマーのチャンネルレギュラーみたいな扱いになってるのか、訳がわからない。

「そのー、テイムモンスターって貴重だからさ、いるだけである程度の撮れ高があるんだよね、どうかな？」

「……まあ、いいけど」

そもそもモビ――テイムモンスターは愛理が俺を誘わなければ拾うことはできなかった。そう考えれば、彼女の希望に沿える限りは沿うのが基本だろう。

「――っと、そうだ、勢いで使っちゃったけど、ASAブラストって何？」

モビの話になって思い出した。ボス討伐中の「Ain Soph Aul」の文字も含めて、よくわからないことばかりだった。

「それはー……ごめんっ、わかんない！」

「わかんないって……」

「あ、でもちょっと調べたらわかるかも！　待っててね……って、しまった！　今はネットができないんだった！」

　そう言って愛理はスマホを取り出すが、圏外表示にうなだれる。

「そこら辺がよくわかんないんだけど、スマホでネットはできないのに、ドローンでの配信はできるんだ？」

「あー、一応説明はできるけど、聞きたい？」

「いや……」

　多分説明されても俺の頭じゃ理解できない。そう思って俺は説明を拒否した。

「とにかく、しばらく待ってて！　正確にはボクがなんとかできるまで！」

　そういうことになって、俺たちは昨日解散したのだった。


――


『今日の夕方、配信するから見てね！』

　チャットアプリに愛理からの着信があったのは、ようやく俺の身体が動かせるようになった頃だった。添付されているＵＲＬのサムネイルには「重大発表!!」とだけ書かれている。

「……何をする気なんだ？」

言い知れぬ不安を感じたが、俺は痛む身体を庇《かば》いつつバイト先へ向かう。

帰りに湿布を買って帰ろう。


「篠崎君、今日なんか動き変だけど大丈夫？」

チーフからそんなことを言われて、俺は愛想笑いを返す。

「あはは、実は昨日、慣れない運動をしまして、全身筋肉痛なんですよ」

なんとなく、自分がちくわのチャンネルに出ていたモブだとは、言わないほうがいい気がした。

今までソロでやっていた女性ストリーマーに男の影！　……って感じの煽《あお》りも見たし、人間どこから恨みを買うかわかったものではないのだ。

「そうか、陳列きつかったら今日はレジ打ちに専念してくれてもいいぞ」

「いえ、大丈夫です」

街の食卓を支えるスーパー。俺はそこで働いている。今は昼時が終わり、夕飯の買出しで混雑し始める直前くらいの時間だ。

「あ、篠崎さん、昨日のちくわちゃん見ました？」

同僚の山中《やまなか》が話しかけてくる。彼は昼はここでバイトしながら、通信制大学に通う苦学生だ。俺はひそかに彼のことを尊敬している。大学卒業してちゃらんぽらんな感じになっている俺よりも、確実にしっかりと生きているからな。

「ん、ああ、なんかネットでニュースになってるな」

ここで「知らない」と答えるのも変だろう。俺は怪しまれないために無難な返答をした。彼は犬飼ちくわの熱狂的なファンで、ただでさえ幼馴染ということで羨望《せんぼう》の視線を受けているのに、ゲスト参加したなんて言ったら刺されかねない。

「すごいですよね！　本当はドライアドも一瞬で倒しちゃうような凄腕《すごうで》だったんですもん！」

「そうだな……ん？」

彼の話しぶりに、違和感を覚える。ドライアドも一瞬で倒しちゃうような凄腕？　その言い方だとエルダードライアドって結構強いボスなんじゃないか？

「あのさ、山中……エルダードライアドって強いのか？　初心者向けダンジョンのボスなのに」

「当り前じゃないっすか篠崎さん！　ボス討伐なんて初心者用だろうが上級者向けダンジョンだろうがダンジョンハッカーの仕事ですよ！」

「……」

山中の満面の笑みに、俺は表情をこわばらせた。愛理……後で文句言ってやる。

「というかエルダードライアドなんて、倒した後の第二形態があるボスなんてかなり討伐難度が高いボスですからね！　やっぱりちくわちゃんはすごいですよ！」

「お、おう……そうか」

やっぱり初期装備攻略動画出してる奴は人間卒業してる感じの奴じゃねえか。危うくマジで死ぬところだったな。

「それと、あとモブさんですよね」

「ぶっ!?　……ゴホッゴホッ」

思わず吹き出してしまったので、咳《せ》き込むふりをしてごまかす。

「テイムモンスターを連れてる日本人冒険者なんて知らないですし、本当に始めたばっかりの初心者なんですかね？」

「さ、さあ……」

今目の前にいるんだが……とは言えるはずもなく、俺は適当にはぐらかして首をかしげた。

「それにしても、俺は安心しましたよ」

「安心？」

「だってちくわちゃん、元気なのは元気なんですけど、コラボとかそういうのとは全然無縁で、友達いない説まで出てましたから」

まあ確かにあのルックスと性格にしては、愛理はかなり友達が少ない。いや、正確には友達を作ろうとしていないが正しいか。

ちょっと声を掛ければすぐに友達でも彼氏でも作れそうなものなのだが、どうも彼女自身、交友関係の広げ方がわからないらしい。

「まあ、昔から知り合いを増やすの苦手だったからな」

誘われればついていくが、自分から誘うことはない。忙しそうだとか、他に予定がありそうだとかで、段々と誘う側は遠慮し始める。結果、友達がいそうなのに全然いない人間が出来上がるのだ。

「あ、出ましたね、幼馴染マウント！」

「だから別にマウントじゃねえって」

俺と山中は、チーフに怒られるまで犬飼ちくわについての話をした。


―――


仕事を終え、配信が始まるまでの時間で俺は昨日のダンジョンで手に入れた物の整理と強化を行っていた。

エルダードライアドのドロップ素材はやはり優秀で、ショートパイクの製造に必要な大樹の枝も、このボスのドロップ品だった。

モビをストレージから出そうとしたが、どうやらダンジョン内以外では取り出しにロックがかかっているらしく、出てくることはできそうになかった。

なんにしても、今はモビを強化するなって言われてるし、俺は大人しく装備品を作っておこう。

ショートパイクの製造ボタンをタップして作り、とりあえず作れそうな防具を部位ごとに片っ端から作っていく。まあアイテム欄は不格好だが、見た目はダンジョン攻略中反映されないので、こだわる必要もないだろう。

「あ、そうだ」

装備品を作り終わった後、自分のステータス画面を確認しておこうと思った。

――装備品
武器：ショートパイク
頭：フォレストヘルム
胴：アイアンメイル
腕：ウッドガントレット
腰：ウエストプロテクター
足：アイアンレガース

――スキル
短剣マスタリー Lv 1
回避マスタリー Lv 1
テイミング適性 Lv ★

前回は初期装備のナイフで戦ったから短剣のマスタリーが上昇したらしい。マスタリーっていうのはゲームの知識をそのまま当てはめるなら、熟練度といったところだろうか。

装備品は見事に気持ちの悪い並び方だし、腰に至っては作れる物が無かった。とはいえ初期装備のまま突撃するよりは随分マシだろう。

そんなことを考えながら識別票の中を弄っていると、ストレージの空き容量が少なくなっていることに気付いた。愛理はクラウドストレージを契約しているが、俺もどこかにアカウントをとったほうがいいだろうか。

パソコンに向かってクラウドストレージサービスを探そうとすると、リマインダーが鳴る。ちくわの配信が始まる時間だ。俺は検索を後回しにして、犬飼ちくわのチャンネルから配信画面へアクセスした。

―――

『飼い主殿のみんなー！　猛犬系ストリーマーの犬飼ちくわだよー！』

「おはチワワ」

「昨日のボス討伐ってなんだったの？」

「モブって彼氏？」

様々なコメントが流れていく。俺は下手なことを書き込まないように、ひたすらＲＯＭに徹していた。というか今日は視聴者多いな……まあ昼間にあれだけ炎上していたんだから、当然と言えば当然か。いつものメンバーと、炎上の野次馬勢、そしてテイムモンスターについての情報を欲しがっているダンジョンハッカー……それはもうたくさんの人が見ていることだろう。

『昨日の討伐？　ほら、ずっと言ってたじゃん！　ボクは猛犬系ストリーマー、ボスを倒さないのは手加減してるんだって！』

「いや確かに言ってたけど、マジだと思わないじゃん」

「今まで手を抜いてたってこと？」

「モブって彼氏なの？」

まあ、みんなが気になるところはそこだろう。粋がって強がっていた犬飼ちくわが、本当は強かった、なんてなったらみんないい気はしないだろうしな。

『実はさ、ずっと裏で頑張って強くなろうとしてたんだよ。ちょっと恥ずかしいからお披露目いつにしようかなーって思ってたんだけど、思わず身体が動いちゃったっていうか……』

「え、そうだったんだ」

「ごめん……」

「ねぇ、モブって彼氏なの？」

ちくわの告白に、留飲《りゅういん》を下げるリスナーたち、みんな純粋すぎである。しかしさっきから俺のことを異様に聞いてくる奴は一体なんなんだ。

『そういう訳で、サプライズ失敗しちゃったけど本当に強くなったよっていう報告でした！』

「いや普通にサプライズだったけど」

「ちくわちゃんすごい！」

「報告ってそれだけ？」

あ、彼氏云々《うんぬん》発言してる奴がいなくなった。ブロックされたな。

『それと、実はまだ報告があって――』

妄信にも似たちくわへの賛辞の中、再び彼女は重大発表をする。

『ボク、犬飼ちくわは深河《みかわ》プロダクションに所属することになりました！』

「マジか！」

「ってことは珠捏《たまこね》ねこまと同じ事務所!?」

「遂《つい》にちくわも事務所入りかぁ」

なるほど、遂に事務所に所属する踏ん切りもついたようだな。俺は彼女が事務所でもうまくやれるよう祈った。

『実は以前から声は掛かってたんだけど、このタイミングで宣言しちゃうのがベストかなって……あ、そうそう、それと、モブ君ね、テイマーのあの人！』

そして彼女は、遂に俺についての話に移る。特に相談とかはされていないので、そんな無茶ぶりは来ないだろうが、少しの懸念事項はあった。

『あの人は前からちょくちょく裏作業の手伝いとかしてもらってるバイト君なの。さすがに一人に任せておくのも悪いかなーって思ってボクは事務所に所属することにしました、って感じ！』

「で、あいつは誰なんだよ。探索者のランクは？」

「本当に初心者か？　ビギナーズラックでテイムできるほど簡単じゃないぞ」

「プライベートで会ったりしますか？」

俺のことになった途端、コメントの雰囲気が変わる。テイマーという存在が珍しいようで、ダンジョンハッカー系のリスナーも聞きに来ているようだった。

「んープライベートでは会わないかな、仕事だけの関係ってやつだよ……他は個人情報だから教えられないなー」

その後、ちくわはダンジョンハッカーからの追及をのらりくらりと躱しつつ、雑談配信を続けていく。質問には答えているようで、その実真相にたどり着ける情報は一切提示しない。プロの話術に俺は舌を巻いた。

結局、動き次第では大炎上になりかねない配信は、なんとかリスナーの留飲を下げさせたうえで着地させることができていた。

俺はその事実に安堵と、愛理のバランス感覚に感謝をしていた。

『じゃ、今日の配信はこんなところかな？　ご視聴ありがとうございました。また見てね！』

その言葉を最後に、配信画面がオフラインに切り替わる。俺はそれを見届けてから、大きく伸びをして息を漏らす。

「さて……」

配信前に見ていたクラウドストレージサービスの候補を探し、無料プランに申し込んでみる。まあタダなら別に問題ないだろう。

そうしているうちに、愛理から着信が来る。

「優斗！　配信見てくれた？」

「ああ、見たけど……事務所参加ってそんな簡単にできるもんなのか？」

色々な調整とか契約があるはずなのだが、昨日の今日で契約が成立するのには違和感があった。

「ん、まあ本当は色々あるんだけど……配信でも言ってたでしょ？　前々からオファー自体は来てたんだよね。それで、担当のマネージャーと話して最速で告知、なんとかなってよかったよ」

これから先、実力のあるストリーマーとして活動するなら、個人では限界があり、俺も含めて配信に出るなら、炎上対策に保険は掛けておきたい、ということだった。

「とりあえず。しばらくは調整とかで会えないけど、モビちゃんの進化は――」

「ああ、わかってる。次の配信の時呼んでくれ」

それに色々と目立ってしまうのは愛理の活動にも支障が出るだろう。しばらくは地道に強化しつつ、配信に備えるしかないだろう。

「ごめん！　ありがとう。それじゃまた今度ね！」

そう言って会話が終わる。俺はシャワーを浴びてから全身に湿布を貼って眠ることにした。


——


愛理の状況が落ち着くまでの間、ダンジョンに行かずボーっとスーパーでバイトしているよりも、折角ならある程度槍を使って戦ったり、装備を整えていたほうがいいかもしれない。そう思って俺は自宅から電車を乗り継いで、繁華街近くのダンジョンを訪れていた。

ダンジョンが発生したからと言って、電車の路線を捻《ね》じ曲げたり、建物を撤去したりはできない。そういう訳でダンジョンは繁華街にも普通にできるし、言ってしまうと国会議事堂の敷地内にもあったりする。まあそんな所にあるダンジョンは、封じ込め対策もしっかりとしているし、滅多なことでは入る人もいないんだが。

クラウドストレージに荷物を押し込んで、採集用の道具と武器防具、それとモビだけを残した状態で、入場申請の待機列に並ぶ。それにしても、今日は平日だというのにダンジョンに向かう人はそれなりにいるんだな。

研磨石や青い鉱石などのありふれた素材はともかく、エルダードライアドをはじめとするボスの討伐素材などは、ゾハルエネルギーを多分に含んでいるので、政府と企業による団体――いわゆる第三セクター的な企業が買い上げてくれることになっている。ダンジョンハッカーの主な収入源がこれである。

だから、もしかすると俺みたいな低層で水遊びしに来たフリーターはほとんどいなくて、周りにいる全員がストリーマーだったりダンジョンハッカーだったりするのかもしれない。

「ねえ、君」

場違いな場所に来ちゃったかな、と不安に思っていると、肩を叩かれた。

「ん？」

振り返ると、黒い猫耳フードが目に入った。そのまま視線を落とすと、背の低い女の子が俺をじっと見上げていた。

「後で別のこと手伝ってあげるから、濃厚蜜《のうこうみつ》を集めるの手伝ってよ」

「濃厚蜜？」

少女が言った素材のことがわからなくて、思わず聞き返す。

「何？　知らないって初心者？」

「ま、まあ……」

「じゃあ好都合ね。必要になるから私と一緒にダンジョンに入りなさい」

……なんとも強引な話に面食らってしまうが、確かに考えてみると、初心者が一人でダンジョンに入るというのも不安が残る。俺としては何か明確な目標があるわけじゃないし、手伝ってもいいか。

「わかった。じゃあよろしく。俺は篠崎優斗」

「ん、私は猫島《ねこしま》」

俺が頷くと、少女は俺を見上げて満足そうに頷き返した。なんというか、身体の割にふてぶてしいというか、自信満々なように見えるな、この子……。

「あのさ猫島、ちょっとダンジョンの中にいる間の出来事は秘密にしてほしいんだけど」

ダンジョンに入場した後に気付いた。戦闘に関してはモビに手伝ってもらおうと思っていたが、猫島がいるとちくわのチャンネルに出演したテイマーだとバレてしまう。

「……というか、あなたも私と一緒にダンジョン入ったの秘密にしてよ」

しかし、返ってきた反応は俺の予想外のものだった。

「え、なんで？」

「なんで？　私のこと知らないわけじゃないでしょ？」

そう言って猫島はフードを下ろす。切れ長の目がなんとなく猫を思わせる美少女だった。

「可愛い」

「ふふ、そうでしょ」

けど誰だ？　とは言わなかった。多分登録者がそれなりにいるストリーマーなのだろう。知らないって言ったら多分機嫌を悪くするだろうから、黙っておくに越したことはない。

まあなんにしても、モビを呼び出しても問題は無さそうだ。お互いに目立ちたくない理由があるなら、取引は成立するだろう。俺はそう思ってARデバイスである仮面を着けて、モビを呼び出す。

「キュイ！」

鳴き声を上げて頭に登る。結構重くなったが、進化しても頭に乗るつもりなのだろうか。

「えっ……ちょ、それって」

「ん、ああ、だから秘密にしてくれって訳なんだが――」

「テイムモンスターじゃん！　配信していい？　ていうか今度私のチャンネルに出てよ！」

「だからダメだって、お互い一緒にもぐったことは秘密、それでいいだろ」

なんか、愛理とは違う感じのストリーマーだな。これがいわゆるバズりのためならなりふり構わない炎上系というやつなのだろうか。

「ぐっ……わかった。でも触らせて」

「まあいいけど」

そう答えると、モビは俺の肩に降りた後、猫島にされるがままになった。一応彼女は動物の扱いを心得ているようで、そこまで無理矢理もみくちゃにするようなことはなかった。

「……ん、満足」

そう言ってモビが解放されると、モビは俺の頭に戻ってきた。落ち着いたところで、俺たちは濃厚蜜とやらの採集を始める。

猫島のやり方は愛理とは別で、二人で一緒に行動して近くの採取ポイント二つを各々《おのおの》担当する方法だった。

「配信でテイマーと会ったこと話していい？　ていうかゲストで呼ぶ時の日程は――」

「いやいや待て待て。俺だって仕事があるし、ちくわのほうが先約だから」

採取中に隙《すき》あらば全世界ネット配信しようとする猫島を、なんとかなだめつつ俺は採取をしていく。

しかしそれにしても、あまりにも危なっかしい言動である。裏方の人はすげえ大変だろうな。俺はなんとなくそう思った。

濃厚蜜は、蜂の巣のような形をした採取ポイントからいくつか採れるようになっていた。液体を「いくつか」と形容するのも妙な気はするが、ストレージに入ると個数表示されるようになるのだから、そう言う他ない。

「てかさ、なんでちくわに肩入れしてるわけ？」

採取ポイントを採り尽くし、ダンジョン内の次の場所に向かう途中で猫島にそんなことを聞かれた。

「肩入れしてるつもりはないけど」

「だってこないだの配信見てたよ。昔からちょくちょく手伝ってたらしいじゃん」

「まあ……」

彼女と俺の付き合いは、幼馴染と自認するだけあって結構長い。始まりは小学校時代、給食の時にスープが入ったバケツが重いってことで代わりに持ったのがきっかけだった。

その後もちょくちょく手を貸すことがあり、ストリーマーとして活動し始めた頃からは、買出しや単純作業の手伝いなどをしていた。いわば肩入れというよりも、ライフワークである。

「ほら、実は恋人同士だったり？」

「いや、それはない」

そこはきっぱりと否定する。

満更でもないというのが本当のところではあるが、愛理に迷惑はかけられない。ここで俺が幼馴染だとか可愛いとは思うとか、そういうことを言ってしまうと、間違いなく燃えてしまうだろう。

「ええー、嘘でしょ？　研磨石めっちゃ集めてたじゃん」

「あれは普通に裏作業の延長だって」

「いやいや、二〇〇個だよ？　今の濃厚蜜もだけどさあ、一回の探索で手に入るのなんか、せいぜい一〇個ちょいくらい、移動とかも考えればどんなに頑張っても一週間くらいかかるものなんだよ？」

そう言われてもな、俺は普通に集めているんだが……というか。

「いや、研磨石二〇〇個くらいなら、割と簡単に集まるぞ」

何せダンジョンを半分回るだけで五〇個、全部回れば一〇〇個くらいは取れるだろう。

「はい嘘ー！　単品素材二〇〇個とか絶対集まりませーん！　だったら濃厚蜜とかも、わざわざ私が裏作業で採りに来ませーん！　その証拠に私のストレージには五個しか集まってませーん！」

滅茶苦茶に煽り口調で否定されたので、少しムッとして俺は自分のストレージを確認する。

「俺は……二〇個だな」

「はぁ!?　ちょ、ちょっと見せなさいよ！」

猫島が食って掛かるので、俺は識別票でアイテムのリストを表示させる。そこには濃厚蜜の横にしっかりと20の数字が書かれていた。

「嘘でしょ!?　どっかでチートか何か使ってるんじゃ……」

「おいおい、あんま弄るなって」

俺自身も使いこなせていない機能があるんだ。変なことをされては困る。

暴れる猫島から識別票を取り上げ、俺はポケットにしまう。これ以上好き勝手弄られるわけにはいかないのだ。

「じゃあ本当にちくわの言う通り、物欲センサーぶっ壊れてるんじゃない？　あなた」

「その物欲センサーっていうの、なんだかわからないが俺はいたって健康だぞ」

愛理もだが、人のものを「ぶっ壊れている」は失礼じゃないだろうか。俺はそんなことを考えた。

「キュッ！」

モビが遠くから戻ってくる。ストレージを見てみると、色々と素材が増えていたので、また何体か魔物を倒してくれていたんだろう。

「はぁ、それにしても、モビちゃんだっけ？　便利だし可愛いし、羨ましいわね」

「ああ、想像以上に役立ってくれてる」

モビはLv９のままだが、初心者用というか低難度のダンジョンであれば、問題なく色々な仕事をこなしてくれるようだ。

「それで、いつ進化させるの？　素材は集まってるんでしょ？」

そう言われて疑問に思ったが、その答えはすぐにわかった。猫島も昨日ちくわの配信を見ているのだ。当然モビの育成状況を知っていてもおかしくない。

「次ちくわが配信する時にもう一回ゲストで呼ばれるから、その時にする約束になってる」

「へぇ、じゃあその時私ともコラボしてよ」

「俺は別にいいけど……俺が勝手に返事していいことじゃないだろ」

そこの可否を決めるのはちくわ自身と……事務所だろう。猫島が事務所に所属しているかどうかは知らないが、そっちもそう易々《やすやす》ＯＫを出してくれるようには思えなかった。

「あ、それは大丈夫。同じ事務所だし、ちくわが嫌がっても私が社長にやりたいって言ったらどうにでもできるし」

だが、猫島はそんなことお構いなしに返事をする。

「すごいな、深河プロダクションって業界大手だろ？」

その社長に要望を言えばすぐに反映されるなんて、猫島は一体どんな存在なのだろうか。

「はぁ？　私を誰だと思ってるの？　深河プロダクションのトップストリーマー『珠捏ねこま』よ。そんなの当り前じゃない」

「へー……」

たまこねこま……？　そういえばなんかストリーマー関係のニュースで、そんな名前を何度か聞いたことがある気がする。

「え、ちょ、ちょっと待って、その反応……もしかして私のこと知らないの⁉」

「いや、名前は知ってる」

「それを知らないっていうのよ！」

なんか思い出してきた。炎上系とか迷惑系っていうわけではないけれど、ちょくちょく素行の悪さで燃えているストリーマーだ。

「もー、折角『ねこまちゃんと一緒にダンジョン潜れたなら収集素材とか要《い》りません』って言わせて、ただ働きさせようと思ったのに」

「お前そんなこと考えてたのか」

なんというか愛理とは逆方向の性格だな、と思った。

「当たり前じゃん！　配信で乞食してもよかったんだけど、たまには『自分で集める健気《けなげ》なねこまちゃん』を見せないと、ファンがうるさいもん」

健気なねこまちゃんを演出するために他人に頼る、というのもどうかと思うのだが……。

「じゃあこれやるから、ちくわをよろしくしてやってくれよ」

「え――」

そう言って、俺は手持ちの濃厚蜜を猫島のストレージに移動させる。まあ使い道わからん俺の手元にあるより、こいつの手元にあったほうがいいだろう。

「……」

猫島は、何が起こったのかわからないという風に呆然としている。

「……？　どうした？」

「あっ、あー良かった！　結局あなたも私の魅力に気付いて貰いでくれたんでしょ!?　助かるー!!」

「いや、ちくわをだな――」

「でも残念！　もっとスパコメしてくれるリスナーさんがいるからねこまちゃんはそんなことで靡《なび》きませーん！　ざんねんでしたっ!!」

猫島はまくしたてるようにそう言い残すと、ダンジョンの出口へ向かって走っていった。

「……なんだ、あいつ」


――


深河プロダクションとは、登録者百万人を超すストリーマーを多数抱える大手事務所である。

ダンジョン配信が一つのジャンルとして成立した黎明期《れいめいき》に立ち上げられ、業績としては百億円に迫る売り上げを記録していた。

そんな事務所で、年間トップの業績を残すストリーマーこそが、今会議室でだらしのない姿勢で話を聞く少女――十五歳のデビューから登録者を伸ばし続けている猫島紬《ねこしまつむぎ》だった。

「ねこまちゃん……せめて会議中はちゃんと座って」

「へぇ、私に指図するんだ？」

採用担当のマネージャーからの諫言《かんげん》に、紬は眉を動かす。

「誰のおかげでここまで大きくなれたのか、忘れちゃったのかな？」

珠捏ねこま。それが彼女の活動名である。

深河プロダクションにおいて、五〇〇万という最高の登録者数を誇り、グッズを売れば飛ぶように売れ、配信中は四桁以上の課金コメントがひっきりなしに飛ぶ。まさに深河プロダクションの稼ぎ頭である。

「わかってるけど、今日はダメ。今回は超ビッグネームと交渉するんだから」

いつもは従わせられていたマネージャーが、生意気にも口答えしたので、猫島――いや、ねこまは口を尖らせつつも、椅子《いす》に座り直す。

「――うん、時間通りね」

ねこまが座り直してから数分も立たないうちに、会議室のドアがノックされる。マネージャーが入室を促すと、少しねこまよりは年上の女性――犬飼愛理が入ってきた。

「失礼します」

彼女はリクルートスーツに身を包み、少し緊張した面持ちをしてマネージャーに促されるまま席に着く。その姿をねこまはじっと品定めするように見つめていた。

「楽にしてちょうだい。これから先一緒に仕事をするんだもの」

「あ、はい！　わかりました！」

その会話を皮切りに、二人は深河プロダクション所属ストリーマーとしての交渉を始める。

犬飼ちくわ、それが彼女の活動名である。

ねこまには及ばないものの、個人で活動するストリーマーとしてはかなりの登録者数を誇っている。

彼女は炎上とは無縁の、堅実なチャンネル運営で登録者を伸ばしており、炎上対策を事務所に丸投げなねこまとは正反対の存在だった。その様子を見て「企業勢に見えないねこま、個人勢に見えないちくわ」という形で、ダンジョンストリーマーの双璧として称される二人であった。

つまり、この会議室にはストリーマー業界のツートップがいることになり、入社面接に一人のやる気がなさそうな少女がいる、みたいな絵面からは想像できない重要さがあった。

「んー……そうね、説明は以上だけど、聞きたいことはある？」

「いえ、あとは実際に活動していく間に聞ければと思います」

「あ、じゃあ私から聞きたいことあるんだけど」

話し合いが円満に終わろうとした時、ねこまが手を挙げて会話を遮った。

「こないだの配信でいたテイマーの彼、なんなの？」

「え、何って……」

テイムモンスターは、間違いなくここ数日のダンジョンにまつわる仕事をする人にとって、最大の関心事になっているはずだった。その存在に対して興味を持たれることは想定していた。しかし

「なんなの？」と非難するような口調で聞かれるとは、彼女は微塵《みじん》も思っていなかった。

「え、っと、前々からちょくちょく手伝ってくれてる知り合いで、モンスターをテイムしたし、素材収集も上手だからゲストとして映ってもらっただけですけど……」

「ふーん……」

ねこまは納得していないように声を漏らす。

「それにしては、随分飼いならしてるじゃない。篠崎優斗……だっけ？」

彼女自身は、先日の出来事を屈辱的な出来事として認識していた。

自分のネームバリューとルックスをもってしても、靡かない人間がおり、その彼が自分に貢いだ理由が、犬飼ちくわという自分以外の存在だった。ねこまにとってそれが堪《たま》らなく受け入れられないことだった。

だがそれは「どんな誘惑にも靡かない絶対的な味方」に対する渇望のような憧《あこが》れであり、彼自身とそれを持っている犬飼ちくわに、嫉妬《しっと》のような感情を抱いていた。

「どうして名前を……」

「ちょっとこの間、ダンジョンで偶然会ってね」

ちくわの表情が一瞬曇ったのを、彼女は見逃さなかった。

「私がゲストで呼びたいって言ったら、すぐＯＫ貰《もら》えちゃった。それで、いいこと思いついちゃったんだけど、移籍後の初配信、コラボしない？」

「え、それは――」

「あら、いいじゃない！」

答えに詰まったちくわに代わり、マネージャーが手を打つ。

「移籍後初配信に正体不明のテイマー！　間違いなくSNSのトレンド一位を狙えるじゃない！」

「ね、名案でしょ？」

悪意の無いマネージャーの言葉に、ねこまは口角を吊《つ》り上げる。

優斗は承諾をしているし、ちくわ自身、そうする選択肢も頭の中にあった。そう、断る理由など無いはず。だがしかし、言い知れぬ不安がちくわに付きまとっていた。

「……わかりました。そうしましょう」

だが、断る材料があまりにも無さすぎる。ちくわは不安を押し殺すようにして、ねこまの提案を呑《の》み込んだ。


―


「珠提ねこま？」

「ああ、どんなストリーマーかなって」

バイトの休憩中、ふと気になったので山中に聞いてみることにした。なんだかんだ愛理は真面目なところあるし、なんとなくあんまり反りが合わなそうな気がしていたのだ。

「あー俺あんま好きじゃないっすよ」

ストリーマーに対しては、ほとんど「知ってる」か「好き」しか話さない山中にしては、珍しい評価だった。

「なんていうか、プロ意識が無いっていうか、子供なんですよね」

「子供かぁ……」

この間、一緒にダンジョンにもぐった時のことを思い出す。確かに、あの我儘《わがまま》っぷりというか、自分がなんでもできると思っていそうなところは、子供と言えば子供なのかもしれない。

「炎上とかも事務所の偉い人が謝って、SNSアカウントで謝罪文出して終わり。本当に子供ですよ」

うーん、なるほど、これは結構な問題児だぞ。

「でもまあ、彼女の境遇には同情しますけどね」

「ん、境遇？」

愛理ともし一緒に配信をするとなったら、どうなるだろうか。そんなことを考えていると、山中が気になる言葉を漏らした。

「ええ、彼女は中学時代は引きこもりで、高校もほとんど不登校のままストリーマーとして活動を始めて、それで今の地位についているんです。だからプライベートの知り合いとかそういう仕事以外での友人がいない……ってネットニュースで見たことがあります」

ネットニュースで見た、というなんとも信憑性《しんぴょうせい》の薄い情報だが、もしそれが本当なら、彼女に対して少し優しくしてやってもいいかもしれない。

「あぁー、でもちくわちゃんがねこまとコラボするかもしれないんですよねぇ、これから。なんか配信スケジュールとかそういうの聞いてないんですか？」

「い、いや、それ知ってたとしても言えないやつだから」

まあ実際知らないので答えようがない。

「あーーー、悩ましいなぁ、ちくわちゃんに迷惑かけるようなら許せませんし、ねこまの保護者みたいなポジションに収まるちくわちゃんも見たい！」

山中は幸せそうに頭を抱えて身体をくねらせる。俺は彼の幸せな妄想を遮らないように、そっと持ち場に戻ることにした。

——

バイトを終え、外に出ると外の景色は茜《あかね》色に染まっていた。

チーフには、これから先は勤務できる時間が減るかもしれないと伝えておいた。愛理のことを考えると、これからもちょくちょくゲストとして呼ばれそうだと思ったからだった。

時間が減る理由は、モンスターをテイムしたのでダンジョン探索のほうに力を入れたい……なんてことを言えるはずもなく、家庭の事情ということでぼやかしておいた。

「ふぅ」

俺はスマホアプリで自分のステータスを確認する。

識別票タブレットは、ダンジョン内では唯一の通信手段だが、ダンジョンの外で使うには少々使い勝手が悪いのだ。

――装備品

武器：ショートパイク
頭：フォレストヘルム
胴：アイアンメイル
腕：アイアンガントレット
腰：アイアンベルト
足：アイアンレガース

――スキル

槍マスタリーLv3
魔法マスタリーLv1

属性マスタリーLv１（火）
回避マスタリーLv１
テイミング適性Lv★

ここ数日は、ダンジョンに何度か通うことで装備とスキルを調えることができた。フォレストと名前が付いている物はエルダードライアドの素材を使った装備で、アイアンと名前がある物は採取素材のみで手に入る物らしい。

槍の扱いにもそれなりに慣れてきた。どうやらマスタリースキルを習得すると、その武器を使った戦い方というものが、身体に直接インプットされるらしい。なので、どう身体を動かすかというよりも、何をしたいかを考えることである程度の動作が自動化されるような、奇妙な感触があるのだった。

それと、実は一つ魔法を使えるようにもなった。

火球という魔法で、火の玉を手のひらから任意の方向に発射するもので、飛び回る虫とか鳥相手に使う分にはかなり使い勝手のいい魔法だった。

それが実際にはどう表記されているかというと、スキルの項目にある属性マスタリーのレベルが何種類の属性を扱えるかを表していて、魔法マスタリーがどのくらいの難度の魔法を扱えるかを表しているらしい。つまり、このステータスを読み解くと、火属性のLv１魔法だけを使える、ということらしい。

このくらいの能力があれば、とりあえず愛理に迷惑はかからないだろうか？　いや、しかしボス討伐はダンジョンハッカー並みの実力が必要って山中が言ってたな。これじゃあまだ素人に毛が生えた程度か。

「！　――もしもし？」

珍しく愛理から電話での着信があった。何か急ぎの用事だろうか？

「あ、優斗、ごめん、夜九時くらいになっちゃうんだけど、どこかで会えない？　要件はちょっと、会ってから話したいなって」

「大丈夫だ。駅前のファミレスにするか」

電話口で話しにくいこと、ということは余程重要な話なのだろう。俺はそう判断して、愛理の頼みを聞いてやる。

「うん、そこでいいよ。ありがとう。じゃあそこに九時ってことで！」

「はいよ」

二人で時間を確認して、通話を終える。俺はいったん家に帰って荷物を整理することにした。

―

このファミレスは、小さい頃から家族で来ることがあったし、高校時代は友人とのたまり場にもなっていた。

「お待たせ。待った？」

「いや、全然」

伊達《だて》眼鏡に帽子を被《かぶ》った愛理に、片手を挙げて挨拶をする。実際そんなに待ったわけでもなく、夕飯のハンバーグを注文したところだった。

「愛理は何食べる？」

「スパゲッティ」

パスタと言わないところに微笑《ほほえ》ましさを感じつつ、タッチパネルを渡してやる。しばらく待って、お互いの注文が届いたところで、彼女はおずおずと口を開いた。

「えっと、優斗ってねこまちゃんと会ってたって、ホント？」

「ああ、一週間くらい前かな？　ダンジョンに入る前に、濃厚蜜とやらを集めるの手伝わされた」

別に隠すことでもないので、素直に話してやる。この感じからして、彼女と会ったのだろう。

「その時って、何か話した？」

どうにも要領を得ない会話に、俺は眉間《みけん》にしわを寄せる。彼女になんかあること無いこと話されたんだろうか？

「ほらその、ゲストとして呼びたいとか……」

「ああ、言われたな。俺は別に――」

「ＯＫした⁉」

俺は別に構わないから、愛理次第だって返した。と、言おうとしたが、愛理が言葉を遮って身を乗り出してくる。

「ねこまちゃんのチャンネルに出るって言った⁉　」

「落ち着け。愛理のほうが先約だから、お前からＯＫ貰わないとどうしようもないだろ。猫島にもそう伝えたはずだ」

そう言って、俺はハンバーグを箸で切って口に運ぶ。愛理が必死なのはわかるが、愛理自身が大事に育ててきたチャンネルのことだ。少なくとも俺は落ち着いていなければならない。

「あ……じゃあ、いいけど」

俺の答えを聞いて、愛理は語気を弱めて席に座り直す。

「どうした、なんか不安なことでもあるのか？」

トマトパスタをくるくる巻いて食べ始めた彼女に、俺はなるべく落ち着いた口調で問いかける。

こういう時の愛理は、何かしらを先走って考えてしまった結果、焦りで周りが見えなくなっていることが多い。なので、その不安を解消させれば、いつも通りの彼女に戻るはずだった。

「えっと、ねこまちゃんとボク、それと優斗でコラボ配信しようってことになって……」

「そうか」

別にそれ自体は、さっきの話の流れで想像できた。だが、それのせいで愛理が不安定になるとはとても思えなかった。

「それはいいんだけど、その時のねこまちゃんの態度が気になってて」

「態度？」

まあ、なんか変な奴だったけど、何か愛理にとって気になるところがあったのだろうか？

「目的がボクじゃなくて、優斗にあるみたいな気がしててさ」

なるほど。

それは確かに気になる。ついさっき調べたが、愛理の登録者数は、猫島に対しても遜色《そんしょく》ないだけの数字を持っている。だというのに、それを差し置いて俺を目当てにコラボの提案とは、何か違和感があるし、愛理自身も釈然としない部分があるだろう。

「うーん、多分愛理はチャンネル持ってるから、単純にライバルみたいに思われてるんじゃないか？」

例えば、コラボをするとなると、どちらのチャンネルで動画を上げるかとか、配信の仕方とか、調整する必要が出てくる。そういうまだるっこしいことを考えずに済む俺みたいなのがいれば、そっちに食いつくのではないだろうか。

「そうかな……？」

「そんなに心配なら、コラボは止《や》めとくか？　愛理が不安に思ってまで数字を求めるのもなんか違うだろ」

そういうことであれば、俺が悪者になってもいい。例えば「バイトが入った」とか、勝手な理由でキャンセルするのも、手段の一つではあるだろう。その時は「犬飼ちくわ」にヘイトが向かないように注意が必要だが、できないことはないはずだ。

「ううん、事務所に所属して一発目だから、失敗はしたくないし、実際にリスナーの期待値も高いと思うから」

「……確かにな」

愛理は、配信時の振る舞いとは違い、こういうところは真面目に考えている。だから俺は、彼女に提案はするが彼女の決定には従うことにしている。

「ごめんね、やることは変わらないんだけど、ちょっと不安で」

「別に、今までもそうしてきただろ。それより日程は？　先に押さえとかないと本当にバイトで参加できなくなるぞ」

「あっ！　そうそう！　それも教えないと！」

愛理はすっかり忘れていたとでも言うように、ハッとしてスマホを取り出してスケジュールを確認する。

「……うん、来週の金曜日。メッセージで今送ったよ」

そう言われて、俺もスマホを開いてメッセージアプリを開く。愛理の言う通り、来週金曜日の日付が入ったリマインダーが届いたので、スケジュールに追加しておく。

「よし、これでいいな。あと、当日までに用意しておくことはあるか？」

「ん、大丈夫。ボクが大体のことはやっておくから、体調とか進化素材とか、忘れないようにしておいて」

愛理はそう言って頷くと、トマトパスタを頬張った。


解散した後、俺は家に帰って風呂を済ませ、ベッドの中で今日のことを反芻《はんすう》していた。

珠捏ねこまというストリーマーの存在と、不安げな愛理。

俺はゆっくり寝られそうになくて、数日前に入ったダンジョンストリーマーの話題を話すチャットサーバーを、覗《のぞ》きに行くことにした。

「ねこまちゃんとちくわちゃんのコラボ楽しみ！」

「俺としてはあのモブっていうテイマーがまた出てくるのかが気になるな。男とかマジで要らん」

「は？　今ストリーマー界隈《かいわい》だけじゃなくダンジョンハッカー界隈でもちくわとモブは注目されてるから。童貞の彼女無しユニコーンは醜いな」

俺が参加した時は、あまり認知されていなかった「モブ」だが、どうやら切り抜きで認知された結果、配信者界隈以外からも注目を浴び始めているらしかった。

「しかしあの事務所所属配信から一切ちくわちゃん側からアナウンスが無いのも不気味だよな、何をするんだろう」

「そういえば、ＳＮＳがこんなに沈黙してたことあったっけ？」

「いや、ちくわって結構ああ見えてマメだし、初めてじゃね？　なんかでかいことやってくれそうだなー」

「やれやれ、それじゃあアナウンスがあるまで、配信のアーカイブを見て待つことにしようかね」

ちくわが大手事務所に所属し、業界のツートップがコラボをする。

そんな話でもちきりになっているサーバーを眺めながら、俺は睡魔が来るのを待った。

3　活動休止とチャンネル開設

「あっ！　モブ君にちくわちゃん！　こっちこっち！」

待ち合わせ場所である深河プロダクションのエントランスを抜けると、猫耳フードを被った少女、珠揑ねこまが手を振って歓迎してくれた。

「あんまり人がいる所でモブって呼ばないでほしいんだけど……」

目立ちたいか目立ちたくないかで言えば、目立ってちやほやされたい願望はあるが、愛理の徹底的な炎上回避生活を見ていると、有名になることへの抵抗が無いわけではなかった。

「えー、いいじゃん。目立っていこうよ」

というか、前に会った時とずいぶん雰囲気が違うな。こんなに愛想振りまくタイプだったか？

「あの、優斗は一応一般の人だから……」

「ふーん。じゃあ私も優斗って呼んだほうがいいかな？」

「それは……」

なんだか、いつもと違ってちくわは煮えきらない態度だ。彼女に何か弱みでも握られているんだろうか？　この間よろしくしてやってくれってお願いしたんだがなぁ。

「はいはい、こんな所で話してたら目立つでしょ。会議室に行きましょ？」

二人のどこか不穏な空気を壊したのは、ねこまのマネージャーだった。

「そ、そうですね！　優斗、行こ！」

「ああ、わかった」

エントランスからエレベーターに乗り、会議室へと向かう。そこはスモークガラスで仕切られた部屋がいくつかあるフロアで、ちらほらとその中に人が入っていることがうかがえた。

「ここを使いましょう」

マネージャーさんはその中から一つを選んで扉を開けて、俺たち三人をその中へ促す。

各々が椅子に座り、最後にマネージャーさんがノートPCを開いたところで打ち合わせが始まった。

「よろしくお願いします。珠捏ねこまのマネージャー・柴口《しばぐち》です」

「あ、どうも……えっと、犬飼ちくわのアシスタント・モブこと篠崎です」

彼女の自己紹介に合わせて、なんとなく横文字を使ってみる。その答えを聞いて、柴口さんは口元を緩めて「よろしくね」と言ってくれた。

「それで、確認なんだけど、テイムモンスターを見せてもらえるかしら」

「あ、はい」

俺は識別票のロックを外して柴口さんに渡そうとする。

「あら、この場で出してくれないの？」

「えっと、出せないようにロックがかかってるんで」

以前出そうとした時は、ダンジョン以外では出せないようになっていたはずだ。

「……あっ」

識別票を受け取って、内容を見ている柴口さんが不意に声を漏らした。

「なるほどね、テイムモンスターの取り扱い講習を受けていないからダンジョン外でロックがかかってるのよ」

「え」

そんなものがあるのか。魔法に引き続き、ダンジョンは講習ばっかりだな。

「えぇー、ちくわちゃんそれくらいは教えてあげなよー」

柴口さんの言葉を受けてねこまが非難するような声を上げる。ちくわは申し訳なさそうにこちらを見て「ごめん、忘れてた」と小さく言った。

「まあまあ、講習自体はすぐ終わるし――うん本当にテイムしてあるね」

柴口さん曰《いわ》く、講習はネットでも視聴できて、視聴後の簡単なテストに合格すればダンジョン外でも出せるようになるらしい。さすがに他人に危害を加えることはできないが、ペット代わりとして呼び出すことはできるようだ。

「えっと、もしかして、なんですけど……ゾハルエネルギーの取り扱い免許とかも……」

「そっちも一応できるけど、講習会に参加したほうがテストは簡単になるよ」

もしかして、すごい魔法をドカーンみたいなのをできるようになるかと思ったが、現実はそう甘くないらしい。今度の休みを利用して講習受けてみようかな。

「それで、一応ステータスも確認させてもらうけど――」

識別票タブレットを操作している柴口さんの手が不意に止まる。何かマズいことが書いてあるのだろうか？

「テイミング適性……？」

何か変だろうか、そのステータスは、恐らくモビをテイムした時についてきたもののはずだ。

「どうかしましたか？」

「いえ、ちょっと見たことないスキルだったので……はい、ありがとうございます」

識別票を返してもらったので、ポケットにしまう。後でテイムモンスター取り扱い講習は受けておこう。

「それじゃあ、コラボ配信の段取りについて話し合っていきましょう」

その言葉で、ミーティングが始まった。

「えっと、私的には移籍後初配信、初コラボ、ゲストにテイマー、っていうのが今回の目玉だと思うんだけどぉ、段取りの提案をすると――」

ねこまは意外にも、ミーティングでは真面目にしていた。いや、真面目というよりも、これが素なのだろうか？　なんにしても、深河プロ所属ストリーマーのトップとしてふさわしいセンスと思考力だった。

「うん、ボクも基本的にはそれでいこうと思ってた。ただ炎上する可能性を考慮して、こっちのほうが――」

そして、ちくわはいつも通り、先程までの煮えきらない、歯切れの悪い態度からは一転して、ねこまと二人でより良い配信にするための意見を交わしていく。

「えぇーでも、それじゃあリスナー納得しないよぉ」

「ちょっといいかしら、そうなると事務所としては――」

二人の意見が割れそうになった時は、マネージャーの柴口さんがビジネス・法務関連の事実を基に修正案を提示する。これなら間違いなく、良い配信になるだろう。

「――っていうことなんだけど、モブ君はそれでいい？」

話がまとまったところで、ちくわが俺に水を向ける。

「あ、はい」

専門家が三人も話していることに口を挟めるわけもなく、俺はただ頷いた。


――


「飼い主殿のみんなー！　猛犬系ストリーマーの犬飼ちくわだよー！　そしてぇ……」

「おはよう人間！　化け猫ストリーマーの珠捏ねこまでーす！」

二人の挨拶で配信が始まる。仮面の下では前回よりも圧倒的な速さで流れるコメント群があった。

あまりの速さで長いものは読めないが、「待ってた」とか「うおおおおっ!!」みたいなコメントがほとんどだった。

「今日は加入後初配信ってことで、ねこまちゃんと一緒にタイトルにある通りダンジョンボスに挑んじゃおうと思うよ！」

「ちくわちゃん足引っ張んないでよね。じゃ、よろしくぅ」

今までのちくわの配信では、誰一人討伐できるとは思っていなかったはずで、無理をするなとか、心配するコメントが多かった。しかし、今回の配信では毛色が違う。

『ちくわちゃん頑張れ！』

『お手並み拝見』

『ドライアドの時見せてくれた強さをもう一回見せてくれ！』

みんな、前回の配信で見せた圧倒的な力を持つちくわを見たいようだった。

「それじゃ、ダンジョン攻略始めていくよー！」

「いえーいっ！」

ちくわの号令で、ねこまが拳を突き上げる。その仕草はまさにぶりっ子というか、男受けがものすごく良さそうな仕草だった。

そういう訳で、二人についていく形で俺も、素材採集をしつつダンジョンの奥へ歩き始める。二人は俺が採集で遅れないように、攻略のペースを遅くしてくれていた。

『ねこまちゃんはちくわと仲良しなの？』

『てか前回に引き続きモブいるじゃん』

『モビちゃんよく見せて！』

採集をこそこそと行う中で、ドローンの画角に入るか入らないかの所にいた俺も、リスナーに見つかってしまう。俺は二人の邪魔にならないように、素材の採取を続けていく。

「あ、そうそう。私もお手伝いさん欲しくってぇ」

俺の話題がある程度出たところで、ねこまが不意に俺のことに言及する。

「ちくわちゃんといっぱい話したいしぃ。だからモブ君を私も借りちゃって、今回は採集に時間かけなくて済んでるんだぁ」

「本当に悪いと思ったんだけど、ほら、モブ君って採集効率すごいでしょ？　だからボクとねこまちゃんで相談して決めたんだよ。今どれくらい集まったか聞いてみよっか」

話の流れで俺が呼ばれる。仮面型デバイスで顔を隠しているとはいえ、大勢の人間から見られている状況に、俺は身体が強張《こわば》るのを感じる。なんせ全員から銃口を向けられているようなものなのだ。下手なことは言えないし、一挙手一投足全てが炎上につながりかねない。細心の注意が必要だった。

「モブです」

「キュイ！」

あんまり変なことを言っても引かれるだろう。そう思って挨拶は短くする。モビもなんとなく状況を察してくれているようで、明るく返事をしてくれた。

『何回見てもソシャゲのコモンキャラみたいな見た目で草』

『モビが本体』

『モブ君採集係お疲れ様』

コメントも、ちくわの頃から引き継いだ手心のあるイジりと労《ねぎら》いのコメントが中心である。とりあえず不穏な空気は感じないので、俺は安堵して溜息をついた。

「じゃあモブ君、ボクがお願いしてた研磨石と――」

「私がお願いしてた濃厚蜜、どれくらい集まった？」

二人に聞かれて、俺は仮面の下でストレージを開いてＡＲ表示された情報を読み上げる。

「石が六四個で、蜜が六七個です」

『相変わらず冗談みたいな速さで集めてやがる』

『元からある程度集めてるとかバックアップチームのを全部合わせて計算してるんじゃないの？』

『つまりバックアップチームの総称でモブってこと？』

俺の正体がチームになりそうで、俺は思わず苦笑いしてしまいそうになる。まあそう捉《とら》えてくれる分には俺個人に視線が集中しないので、ありがたい。

「さすがモブ君、いつも通り集める速さが尋常じゃないね！」

ちくわがそう言うと、ねこまもそれに続く。

「ホントホント、私一回プライベートでモブ君ともぐったんだけど『私のために』集めてくれた時、すごいたくさん集めてくれたよねー！」

ねこまの『私のために』と強調した言葉に、ちくわの表情が一瞬強張ったのを感じ取る。

「へぇそうなんだ。ボクの知らない所でねぇ……」

あの、ちくわ……今配信中だからそういう非難するような視線を送られても困るというか。

「今も私のために六七個も集めてくれたし、ホントありがたいよね」

「そうだね！　……――集めてくれてありがとう！」

一瞬の無言を挟んでちくわが感謝を伝えてくるが、俺はその沈黙の意味を知っている。これは「なんでねこまちゃんのほうを多く集めてるの？」だ。

「どういたしまして」

あまり黙っていては変な空気を感づかれてしまう。俺はちくわの声掛けに返答しつつ、その理不尽な非難に苦笑いをする。

そんなこと言われても、手に入る量は運によるのだ。どっちを多く集めたいとか、そういう意図を持ったところで、どちらかを多く集められるわけじゃないのを、ちくわも知っているはずだった。

「あ、そうそう、打ち合わせの時に聞いたんだけど、モビちゃんって進化できそうなんだって？」

上機嫌なねこまが、固まりかける空気を察してか新しい話題を提供してくれる。

「あ、そうだ！　リスナーのみんなも見たいと思ったから『ボクのお願いを聞いて』今まで待ってもらってたんだよね！」

そして今度は、ちくわのほうが戦争を仕掛けた。

犬飼ちくわは今まで大きな炎上をしたことがない。

それは彼女自身のキャラクターが「不手際があって当たり前」のキャラクターでいたからであり、徹底して丁寧に異性関係のトラブルを避けてきたからであった。その丁寧な炎上回避のための立ち回りが、ねこまによって乱され、彼女の挑発によってちくわ自身も普段の立ち回りから逸脱し始めていた。

「へー、そうなんだ。じゃあ進化するところ見せてもらおっか」

ねこまは俺の腕に手をまわして識別票を覗き込む。どうやらちくわが仕掛けた戦争を真っ向から受けて立つつもりらしい。俺は心の奥で「誰か助けてくれ」と願った。

『モブって奴ねこまちゃんと距離近くね？』

『え、ちょ……もしかして、付き合ってるとか？』

『ねこまとモブの距離近いって言ってる奴、初心者かよ。ねこまはこれがデフォだから』

コメントのほうも不穏な空気である。これが関わりのないストリーマーのどうでもいい配信だったら何も思わないが、これはちくわの大事な配信である。

「……」

ちくわは黙っている。彼女自身も大事な配信だとわかっているはずだし、これ以上のアプローチは炎上確定である。さすがに堪えている。

「じゃあ、ちくわさん。進化させます」

だが、言葉にはしないが視線では「ねこまちゃんと距離近くない？」というメッセージが痛いほど飛んできていた。

俺としても、炎上リスクやリスナーからのヘイトを避けるために、ねこまを振り払いたかったが、振り払ったら振り払ったで「トップストリーマーを邪険にした奴」としてヘイトが集まる可能性がある。

以上のことから、俺にできることはねこまに反応せず、注目度の高いモビを進化させるというイベントを起こすことだった。

「キューイ！」

遠くで雑魚《ざこ》狩りをしていたモビが戻ってくる。進化させないでこのダンジョンを歩かせるのは、なかなか辛《つら》かったようで、小さな傷をいくつか負っているようだった。

「あーっ！　モビちゃんかわいそう！」

それを見たねこまが声を上げると、彼女はストレージから緑色の小瓶を取り出した。

「はい、回復ポーションあげるからモビちゃんに使ってあげて」

そう言って俺に小瓶を手渡す。

「いいんですか？」

「うん、モブ君に集めてもらった濃厚蜜が原料だから、気にしないで！」

そう言われたので、濃厚蜜の説明をＡＲで表示すると、合成先に各種ポーションの項目があった。

なるほど、確かにポーション系をよく使うなら、かなりの数が常に必要になるだろう。

俺は受け取ったポーションをモビに飲ませながら、進化のために端末を操作していく。

「じゃあ、始めます」

もう一度宣言して、進化のボタンをタップする。ストレージ内から進化素材が溢《あふ》れて、モビと結合して、光に包まれていく。

そして、その光が収まると、先程よりも少しだけ機械が豪華になったような姿になった。

『おお、すげえ、進化した』

『進化とか初めてリアルタイムで見たわ』

『モビちゃんこれからゴツくなりそうで心配だったけど、機械のほうが新しくなるんだね』

「わあ、すごい！　どれくらい強くなったか見せてよ、モブ君！」

ちくわにそう言われて、俺はモビのステータス画面を二人に共有する。

名称：モビ
種族：モーラビット2.0　Lv 1
力：8
知：6
体：4

速：10

種族名の後ろにある「2.0」というのが進化を一度したということなのだろう。そこは納得できたのだが、俺はそれ以上にステータスの伸び具合に驚いていた。

レベル上昇した時以上のステータス上昇があるのは、正直かなりありがたい。なぜなら体感としてステータスが1上昇するだけでも、有意な違いを感じられるからだ。Lv1の時のステータスに比べれば、モビの速は五倍になっており、敵からの攻撃も、かなりよけやすくなっているはずだった。

「モビちゃん強ーい！　これならボス相手でも私を守ってくれるね！」

腕に絡みついたままのねこまが声を上げる。正直なところ炎上しそうで気が気じゃないのだが、彼女はそんなことはお構いなしだった。

「……よーし、じゃあボスに挑もっか！」

ちくわのほうから凄まじい殺気を感じる。表情は笑っているし、言葉遣いもいつも通り、リスナーにはこの不機嫌さは伝わらないと思うが、付き合いの長い俺はわかる。これはマジギレしているやつだ。

だが、その理由もわかる。これだけ重要な配信で、炎上しかねない振る舞いをするねこまに、拒否をしない俺である。そりゃもうキレるにきまっている。ちくわがどれだけ気を付けてチャンネル運営をしてきたか、それはよくわかっていた。

「……はい、ちくわさん」

そんな怒気を孕《はら》んだ空気の中、俺にできることはちくわに従ってダンジョンの奥へ向かうことだけだった。

『おっ、進化したテイムモンスターの実力が早速見れるのか！』

『ちくわが双剣で戦う姿、ようやく生放送で見れる！』

『ねこまちゃんも頑張れー！』

状況を知らないリスナーたちが応援のコメントを残していく。俺はそのコメント欄を見ながら「どうか炎上しないでください」と願うことしかできなかった。

「ギシャアアアアッ」

このダンジョンのボスは、甲殻類のような鎧《よろい》と、二つの鋭い鋏《はさみ》、そして鋭い尻尾《しっぽ》を持つサソリ型のモンスターだった。

「さて、今日のボスはー……ギルタブルル！　毒と鋏に注意しなきゃいけないボスモンスターだね！」

『お手並み拝見』

『ねこまちゃんとのコンビネーション見せてくれー！』

『モブも頑張れよ！』

適当な応援を受けつつ、俺も槍を構える。スキルのレベル上昇によって、誰に習ったわけでもないのにそれなりに様になっている構えができていた。

「よーし、行くよぉー！」

ねこまが掛け声と共に、装飾の施された戦鎚を振りかぶって突進する。サソリ型モンスター――ギルタブルルはそれに反応して、鋏をねこまへと振り上げる。

「たぁっ!!」

甘ったるい掛け声とは裏腹に、戦鎚と鋏は重厚な金属同士がぶつかり合うような音を出して火花を散らす。俺とちくわも、彼女一人に負担をかけないために駆け出して、モンスターをかく乱させる。

「はっ！」

ちくわは赤い刃《やいば》を持つ双剣で、鎧のような甲殻の隙間を攻めるように刃を振るい。俺は無理に前に出て負担にならないように、距離を取って槍でちくちくと攻撃していく。

……とはいえ、甲殻に阻まれてあまり攻撃が通っているようには見えないのだが。

「キュイッ！」

そしてモビは俺の周囲を跳ね回りつつ、隙を見つけてはギルタブルルの足を攻撃している。モビの鋭い爪と牙は、なんとか硬い甲殻を貫通できるらしい。

『いいぞ！　すぐ倒せそうじゃん！』

『ちくわつぇえ!!　やっぱり前のは合成とか編集じゃなかったんだ！』

『片方の鋏、もうすぐ完全に破壊できそうじゃん！』

コメントのほうも、ちくわやねこまを応援する内容や、勝利を確信する内容が流れている。この勢いのまま行ければ、問題なく倒せるはずだった。

『いやいや、よく考えろ。お前らボスモンスターがそんな簡単に倒せるわけないだろ』

『甘く見すぎると失敗するぞ』

『ここら辺はまだダンジョンハッカー初心者だな』

だが、どうやら今まで喜々として書き込んでいたのはちくわとねこまの元々のリスナーだったようで、ダンジョンハッカー勢は冷静に状況を見ているようだった。

「ギギギッ!!」

ギルタブルルが鳴き、針を上空へ向けると、その先端から透明な液体をまき散らす。

「っ……!!！」

全員が距離を取るが、飛沫《ひまつ》は多少なりとも身体にかかってしまう。そして、それが当たった部分が燃えるような痛みを訴えてきた。

『出た、毒液散布。これだからギルタブルルは一筋縄じゃいかないんだよな』

『ねこまちゃん大丈夫!?』

『解毒ポーション早く使って！』

コメントが視界の端で流れる。俺は焼けるような腕の痛みを押し殺して二人のほうを見た。

「ちっ……」

その先では、丁度ねこまが舌打ちをして、青い小瓶の蓋《ふた》を開けたところだった。

「うわっ!?」

その蓋が開かれた瞬間、青い煙が小瓶から噴き出して、辺りに充満する。

『解毒スプラッシュかよ、調合むずかしいのによく作れたな』

『ねこまちゃんポーションづくり得意だもんね！』

『濃厚蜜乞食してるから被弾多いのかと思ったら、こういうことか』

その煙に触れた瞬間、毒液の痛みは治まり、解毒されたことを察する。

「キュイ！」

それを好機と見たのか、モビが鳴き声を上げ、仮面の下にＡＳＡブラストのマークが浮かぶ。俺は考えるより前にそれを起動して、槍とモビを一体化させた。

「……」

槍が光に包まれ、その光が元に戻ると槍は長大な薙刀《なぎなた》に変化する。そして身体が羽のように軽くなったのを感じた。

『生放送で見れるのありがたい』

『やっぱＡＳＡブラストはかっこいいよな！』

『モブ！　やっちまえ！』

コメントに後押しされるように、俺は地面を蹴り、サソリ型モンスターの尻尾をめがけて跳ぶ。

「っ――」

面白いように、先程までいくら突いても壊れなかった甲殻が、せんべいのように簡単に砕け、俺は尻尾を根元から切り落とす。

「モブ君！　ナイス!!」

「行くよー！」

切り落としたところで、ねこまとちくわがそう叫んでギルタブルルに走り込み、ねこまは鋏を戦鎚で完全に破壊し、それで作った隙を、ちくわが甲殻の隙間を縫って滑り込み、モンスターの眉間に双剣を突き刺し、とどめを刺した。

「ギッ、ギシャッ――」

神経締めをしたような鳴き声を上げて、ギルタブルルは動かなくなる。

『うおおおっ!!』

『すげえ!!　三人ともすげえ!!　モブとちくわはともかく、ねこまも強いじゃん!!』

『ダンジョンハッカーとしてもやっていけるんじゃないか？』

「みんなーありがとー！　事務所に所属してもボクをよろしくね！」

賞賛で埋め尽くされるコメントに手を振ってちくわが応えると、更にコメントの流れが速くなる。

「じゃあ、また今度ね、バイバーイ」

ひとしきり賞賛を受けた後、ねこまがそう言うと、ドローンに合図を送って、配信が終了する。

俺はその姿を、達成感を持って見ていた。

――

「お疲れ」

ダンジョンの外に出て、休憩所のベンチに座っている愛理に缶ジュースを渡す。猫島はマネージャーに呼ばれて何かしらの話をしているようだった。

「お疲れー優斗、初めてのコラボ相手だけど、大事故が起こらなくてよかったよ」

俺が愛理の隣に座ると、受け取ったジュースを開けながら愛理は溜息をつく。

「ああ、正直なところ俺もひっつかれてて困ってた。コメントで見たけど『珠捏ねこま』っていつもあんな感じなのか？」

「んー、まあね。基本的に炎上とか気にしないでやりたいようにやってるのがウケてるっていうか、そんな感じ」

なるほど、ちくわとは逆の方針みたいだな。

「今更ながら、そんな相手とよくコラボする気になったよな」

「そりゃあ、深河プロに所属するんだから、それくらいはやらないと」

俺の質問に、愛理は笑って答える。

「それにね、ボクの方針とねこまちゃんの方針は全然違うから、全然違う人にリーチできるんだよね」

「なるほど」

確かに、配信中にねこまを初めて見た人も、ちくわを初めて見た人もいたような気がする。ダンジョンハッカーも初見の割合が高かったようだし、初めて見る人が多いということは、それだけ登録者が増えるチャンスだということだ。

「さすがだな、俺は炎上しないかどうかくらいしか気にしていられなかった……そういえば、ねこまが挑発してきた時に軽く乗ってきてたけど、あれも計算？」

――あ、そうだ！　リスナーのみんなも見たいと思ったから『ボクのお願いを聞いて』今まで待ってもらってたんだよね！

ちくわの口からあの言葉が出たのは、俺にとってかなりの驚きだった。ねこまのリスナーに向けたサービスだったりするのだろうか？

「あ、あー、それはー……ですね」

しかし、愛理は唐突にしどろもどろになり俺から視線を外す。

「ちょっと、優斗を取られちゃうんじゃないかなって、思って」

「俺を？」

なんとも可愛らしい理由に、俺は思わず息を漏らして頬を緩める。

「安心しろよ、俺は愛理の手伝いだって認識は変わらないから」

モビをテイムしたのも、元々「犬飼ちくわ」の手伝いとしてダンジョンにもぐったからだった。

その後たとえ猫島に手伝ってほしいと言われても、優先順位を間違えるつもりはさらさらなかった。

「うん……」

だが、愛理の表情は浮かないままだった。

いつものことであるが、愛理は基本的に心配症で、一度気になり始めるとずっと気にしてしまうタイプだ。なので、今は落ち着くまで時間が解決してくれるのを待つか、気晴らしにどこかへ連れていくのを待つかしてやるのがお決まりのパターンとなっていた。

「ったく、しょうがないな」

俺は立ち上がり、伸びをした後にスマホを取り出す。

「次の休みは明後日か、映画でも観《み》に行くか？　丁度観てみたいやつあったし」

「え、ホント!?　行く行く！　その日空けとくねっ！」

俺が誘うと、愛理はすぐに目を輝かせた。全く、現金な奴だ。

その日の詳しい予定を話し合って、俺たちは猫島の帰りを待った。

「はぁ……」

「ねえマネージャー、私、早く打ち上げに行きたいんだけど」

柴口は頭痛を抑えるように額に手を当てた。

猫島紬――珠捏ねこまは深河プロダクションにとって無くてはならない存在だが、彼女はあまりにも自由すぎた。

今日だって初コラボ相手の異性にべたべたとボディタッチをしていたし、ちくわへの挑発的な言動も散見される。

「あのね、ねこまちゃん。今日の配信は何？」

「何って……いつも通りでしょ？」

そう、珠捏ねこまは「普通」がそうなのだ。それでもなお致命的な炎上をなんとか避けてこられたのは、深河プロダクションの全面的なバックアップによるものだった。

いつも通り、炎上すれば謝罪文を出し、ほとぼりが冷めるまで黙っておく。その繰り返しも、プロダクションとして看過できないレベルに達していた。

「仕方ないわね……」

できれば、本人がそれを理解して、自然に落ち着くのを待っていたかった。だが、深河プロダクションは犬飼ちくわと、彼女のアシスタントが持つテイムモンスターという大きな柱が立ち、爆弾を抱えた「珠捏ねこま」を使い続ける理由が薄れてきていた。

だからこそ、柴口はその指示ができた。

「これから先、事務所の許可が出るまで『珠捏ねこま』は活動休止しましょう」

「な、なんで!?」

柴口の言葉に、猫島は思わず立ち上がり、抗議をする。

しかし、柴口は表情を変えず、淡々と言葉を続けた。

「正直なところ、ねこまちゃんはネットリテラシーが低すぎるし、人に見られている意識が低すぎるの、今のままじゃいつか絶対に大変なことになるわ」

「で、でも……でもっ、私、配信が無くなったらなんにも――」

「その配信が無くなるかもしれないのよ、あなたの行動で」

猫島の反論を、柴口ははっきりと制する。彼女にとって配信を取り上げることがどれだけ辛いかは、柴口自身がよくわかっていた。

「今までは庇えたかもしれない。でもこれからは？　ねこまちゃん自身がそれを学ばないと、いつか駄目《だめ》になるわ。だから、しばらくは配信から離れて冷静になりなさい」

「……」

柴口のきっぱりした口調に、猫島はそれ以上何も言えなかった。自分が深河プロダクションを支えている自覚はあったが、実際のところ自分が深河プロダクションに支えられていた。その事実が彼女の心に重くのしかかっていた。

「リテラシー研修とか、日常生活は支援してあげられるから、この機会に成長なさい……話はそれだけよ、打ち上げに行きましょう」

柴口は立ち上がると、うつむいたままの猫島の肩を優しく叩いた。


――


「犬飼ちくわの配信見た？」

「そりゃもう、ダンジョンハッカー界隈じゃ連日その話ばっかりだよ」

「ていうかモブって誰なんだろうな、あんなゴツい不人気デバイス着けて素顔隠してるとはいえ、ちくわとかねこま相手に平常運転できるのって一般人とは思えねー」

電車の中でそんな話を聞いて、どうか俺だってバレませんように、と祈ってから駅に降りる。とりあえず、ヘイトは向けられていないようで安心するが、できればこのまま「いないもの」として扱ってくれるのを願っていた。

「ふぅ」

別に目立ちたくないとかそういうダウナーで無気力なことを言うわけではないが、俺は愛理がそうである以上に炎上が怖いのだ。人から嫌われることに強い恐怖を感じていると言ってもいい。だから良くも悪くも注目を集める配信者なんていうものには、極力なりたくない。

「あ、優斗、おはよー」

待ち合わせ場所に到着すると、愛理が手を振ってくれた。俺はそれに応えて、少し歩調を速める。

「悪ぃ。待ったか？」

「待ったけど映画までまだまだ時間あるし、大丈夫」

遅刻をしたかと思ったが、待ち合わせの時間まであと三十分近く余裕があった。どうやら二人とも早く来すぎたようだった。

「始まるまで時間あるな。喫茶店でも行くか」

「あ、じゃあさ、新作のフラペチーノが気になってるんだよね、ボク」

「なるほど、それにするか」

俺も、男一人でお洒落《しゃれ》に映えそうなスイーツを食べるのには抵抗がある。利害の一致ということで、俺たちは近くの喫茶店チェーンの自動ドアをくぐった。

「平日に暇な日を持てるってのが、フリーターのいいところだよな」

「ストリーマーのいいところでもあるよ」

レジ前で大きなポップが飾られている新作を二つ注文して、受け取ってからテーブルに座る。

「いや、ポップで見てたけど実物ヤバいな」

シンガポール辺りのストリーマーとコラボしたらしい極彩色《ごくさいしき》のフラペチーノは、なんともケミカルな色をしており、見るのは楽しいが食欲は一切湧《わ》かない見た目をしていた。

「あ、ちょっと待って、写真上げときたい」

「あいよ、俺捌けるわ」

愛理がスマホをフラペチーノに向けたので、俺は画角に入らないようによける。いわゆる「匂《にお》わせ」を避けるための行動であり、俺たちにとって日常となっていた。

「……よし、ありがと」

「どういたしまして」

そう言って俺はスマホを取り出して、愛理と一緒の写真を撮る。彼女の端末内に写真を入れておくわけにいかないが、二人でいた時の写真は撮っておきたい。そういう訳でこの形で写真を撮るのが日常となっていた。

「じゃ、いただきまーす」

「いただきます」

二人で挨拶をして、ストローに口を付ける。吸い上げると冷たくシャリシャリとした氷の粒と、見た目の割に味は素朴で、クリームの中に仄《ほの》かなオレンジの風味が感じられる味だった。

「意外と美味《おい》しいかも……」

「絶対アメリカのお菓子みたいな味すると思ったのにな」

味の感想を話していくうちに、話題はダンジョン配信の話題へと移っていく。

「そういえば、猫島って打ち上げの時いなかったけど、どうしたんだろうな」

「え、優斗ネットニュースとか見てないの？」

「……すまん、見てない」

俺がそう答えると、愛理は深く溜息をついて、スマホでネット記事を見せてくれた。

「ほら、これ」

内容を確認する。そこにはネット記事が掲載されており、そのタイトルにはこう書かれてあった。

『珠捏ねこま、事務所から無期限活動休止』……？」

確か、ねこまにとって配信はそれなりに大事なことじゃなかったか？　それがまた、なんで……。

「柴口さん的にはタイミングを探ってたっぽいんだ。まあボクとのコラボが引き金になっちゃったんだけど、責任は感じてほしくないって」

「……」

確かに、考えてみればあの時の行動は、かなり目に余るものがあった。恐らく今までは休止させると事務所への損害が大きくなるからこそ、強制できなかった部分があるが、ちくわとモビの存在で、深河プロジェクト自体が珠捏ねこま偏重《へんちょう》の収益体制から脱却することを目指しているのだろう。

「なんていうか、かわいそうだな」

彼女が配信で好き放題するのは、なんとなく振る舞いを見ていればわかった。だが、彼女自身がストリーマーとしての自分にしか価値を見いだせていなさそうなのも、なんとなくではあるが俺は感じ取っていた。

「うん、そうなんだけど……これから先、一緒に配信することも多くなると思うから、ねこまちゃんと配信するのは不安でもあったの」

「ああ、それはわかる」

珠捏ねこまは、炎上覚悟というか、リテラシーのリの字も知らないという振る舞いで上り詰めたストリーマーであり、その手綱を握ったり一緒に仕事をするのは、非常に難しく、それと同時にリスクが高かった。

「ま、まあ、柴口さんも『リテラシーさえ学んでもらえたらすぐに復帰させる』って言ってるし！ボクたちもちょくちょく気にかけてあげよっ」

「確かにな」

暗い雰囲気になりそうなところを、愛理は取り繕《つくろ》うように明るく話す。俺はそれに頷いて、極彩色フラペチーノを啜《すす》った。

——

「ありがとね優斗」

「別にいいって、これも手伝いのうちだ」

すっかり調子を戻した愛理を見て安心する。これなら明日からも配信を続けていられそうだ。

「あ、それと優斗、君もチャンネル持たない？　柴口さんに言えば深河プロ所属でデビューできそうだけど」

「え、嫌だ」

愛理の誘いをノータイムで断る。俺は注目されるのが怖いのだ。一挙手一投足を監視されて、そこでミスをすれば即炎上の生活なんて、とてもじゃないが無理だ。

「そっか……でも、優斗がそういう態度でいると逆に危ないかもよ」

そう言って、愛理は自分のスマホを操作して、俺にその画面を見せてくれた。そこにはSNSの発言をまとめたブログが表示されていて、その中の発言には、こんなものがあった。

――正体不明のテイマー「モブ」の正体判明！　ウェブスタープロジェクトのストリーマーか⁉

『仮面型のARデバイスをしてるってことは、顔を見られると誰だかわかってしまう、後ろめたいことがあるんじゃないか』

『モブの正体、多分深河プロ以外のストリーマーだと思うんだよな、だから正体明かすわけにいかないっていうか』

『そういえば、同時期に引退した男性ストリーマーで、東条匠馬《とうじょうたくま》っていたよな。ボイチェン使ってるかもしれないから声はわからないけど、雰囲気似てない？』

「……」

言葉を失う。なんか隠したことで逆に目立ってしまっているような……。

「あと動画サイトとかでも『モブの正体に迫る考察』は結構再生数稼げるみたいだね、昨日の配信中のトレンドを見ても、モブって名前はボクたちの名前と同じくらい出てきてるみたいだし」

言われて、自分のスマホでも「モブ」と検索してみる。その結果には、サジェストで既に

「誰？」とか「正体」みたいな単語が並んでいる。そんな状況で、俺が取れる行動は一つだった。

「ど、どど、どうしよう……」

愛理に助けを求める。ショウビジネスの先輩である愛理なら、この状況をどうにかできるはずだ、というはかない希望に縋《すが》るしかない。今俺ができるのはそれだけだ。

「正体明かせばいいよ。みんな隠すから気になるのであって、わかってるならミーハーな人はすぐにいなくなるし」

「それは無理なのわかってるだろ、炎上怖い」

正体を明かせば今向けられている「謎のテイマー」という肩書は無くなるため、注目度はある程度下がるはずだ。だがそれは、常に人から監視される生活の始まりとも言える。

「じゃあせめて、露出を上げて『自分が何者なのか』をわかりやすくするのが軟着陸する方法だね」

ということは、自分のチャンネルを持って配信しろということである。進むも地獄、戻るも地獄、今のまま立っているのも地獄だ。

ならば、一番傷の浅い自分のチャンネルを持たなければいけないということか、いや、だが……。

「……わかった。チャンネルを持とう」

俺は観念して、柴口さんにチャンネル開設のお願いをすることにした。

「どうも、犬飼ちくわアシスタントのモブです」

『本物じゃねえかｗ』

『顔出ししないんですか？』

『モビちゃん見せてー』

慣れない挨拶をする。事前告知も何もしていなかったので、誰も来ないかと思ったのだが、百人以上が視聴しているようだった。

柴口さんに連絡すると、ものの数時間でチャンネルが開設されてしまった。チャンネル名はそのままユーザー名と同じくモブにして、概要関係も下手なことを喋《しゃべ》らないように、空欄のままだが、それでも見る人がいるらしい。

「今日は裏作業ってことで、槍のスキル上げとモビのレベル上げ、あと研磨石の採集です」

「キュイ！」

経費で購入したドローンに向かってモビが鳴く。あんまりリスナーにサービスをして人気が出ても困るのだが、普通にやっていればつまらなさから人はどんどん離れていくだろう。なんせボス討伐などの派手な配信をする時はちくわのチャンネルだし、俺自身はたくさん喋るつもりもないのだ。

『すげえ地味な絵面だな』

コメントの一つが見えて、俺は安堵の息を漏らす。そうだろう、撮れ高なんて何もないから別のチャンネル見たほうがいいぞ。

『テイマーなのにストイックすぎて惚《ほ》れるわ』

『ダンジョンストリーマーの裏側見てるみたいで面白い』

『作業用BGVとして使わせてもらいます』

……なんか違う方向で興味を持たれているような気がする。俺はそんなことを考えながら、採取ポイントに向けてピッケルを振り下ろしたり、低級モンスター相手に槍で戦ったりして、作業を続けていく。

『ねこまやちくわとは逆だな』

作業をするうち、そんなコメントが目に入った。

そりゃあ真逆だろう。あの二人はストリーマーとして、意識の違いはあれどプロとして取り組んでいる。俺みたいにフリーターの片手間にやってるような配信とは対極に位置するのだ。

『だよね、正直こっちのほうが好感度高いわ』

『ねこまとかこういう作業裏方とかリスナーに全部丸投げしてるっしょ』

『ちくわもここら辺の作業モブに任せっきりでSNSに写真上げたりしてるしな』

「おい、お前ら」

俺は思わず声を上げて、ドローンを見る。声を上げた後で、後悔もあったが、それでもあの二人を貶《けな》すようなコメントは看過できなかった。

「二人とも、リスナーを楽しませるためにできることをやってるんだ。馬鹿《ばか》にするな」

愛理は今まで裏では真面目に配信を続けていたし、ねこまだって炎上は事務所に頼りきりだったが、事務所の力だけであそこまで上り詰めたはずがない。上っ面の見える範囲だけでそういう評価をするのは、許せなかった。

「……」

それだけ言って作業に戻る。ヤバいなあ、リスナーに喧嘩《けんか》売っちゃったよ……炎上したらどうしよう。柴口さんに悪いなぁ……ていうかちくわのアシスタントとして表に出られなくなるとかあるだろうか？　ネットで注目されてる今、こんなことを言って炎上したらデジタルタトゥー付いて特定されて社会的に死んだりしないだろうか？

『ごめん……』

『確かに……裏方あっての二人だけど、そもそも二人がいないと裏方も無いもんな』

『モブかっけぇ』

幸いなことに、炎上するような雰囲気にはならなかったので、俺は再度安堵して息を吐く。

「キュー……」

モビが俺を気遣うようにすり寄ってきたので、軽く撫《な》でてやってから次の採取ポイントに向かう。

『ありがとう』

流れるコメントの中に、一つだけそんなコメントがあった。

——


『二人とも、リスナーを楽しませるためにできることをやってるんだ。馬鹿にするな』

遠くで女性社員と話す山中のスマホから、言った覚えのある台詞《せりふ》が聞こえてくる。

「いやー、モブさんがこういう人でよかったっすよー」

「ホントホント、あたし思わずチャンネル登録しちゃった！」

休憩室で、俺はその様子を遠巻きにうかがいながら動画サイトを巡回する。

——【正論】モブ、初配信でマナーの悪いリスナーを一刀両断【スカッと】
——【配信切り抜き】モビちゃんの可愛いところ詰め合わせ【日本人テイマー】
——【徹底考察】モブの正体はあのイケメンストリーマー!?【反応集】

結論から言うと、俺の配信はものすごい勢いで切り抜かれ、それと同時にＳＮＳで正体の考察が大々的になされ、勝手にどんどん「モブ」という存在が持ち上げられ始めていた。

「こういう人がいるなら、ちくわちゃんとねこまがコラボしてても安心ですね」

「次の配信はいつやるんだろ。研磨石三〇〇個ってそんなすぐ集まらないから、定期的にやると思うんだけど……」

「えー、金澤《かなざわ》先輩知らないんっすか？　モブさんはアイテム集めるの滅茶苦茶得意で――」

そして、山中と話しているのが金澤先輩である。確か彼女も犬飼ちくわのファンで、時々山中と一緒に愛理のことを聞いてきたりする。まあほとんどが答えられないことなので、あちら側もそんな頻繁《ひんぱん》に聞いてくることはないが、この二人が職場で言う「仲のいい同僚」ってやつなのだろう。

まあ、正直なところ、気が気ではない。

勝手に膨らんだ「モブ」の理想像と、俺は似ても似つかないし、不注意なことに俺はボイチェンを使っていなかった。更に言えば、この二人には俺が愛理と幼馴染だということも伝えてある。もういつバレてもおかしくないというか、バレてないのが不思議としか言いようがない状況である。

「――ですよね、篠崎さん」

「え？」

どうやってこの場から逃げ出そうか考えていると、山中が唐突に話しかけてきた。

「ごめん、スマホ見てて話聞いてなかった」

「もー聞いててくださいよ。っていうか篠崎さん……」

山中が俺のスマホを覗き込んでくる。そこには「モブ」の配信切り抜きがデカデカと再生されていた。

「っ!!」

ヤバい。これは絶対バレる。顔を隠しただけの俺が映っていたら、さすがに――。

「篠崎さんもモブさんのこと調べてるんですか⁉　絶対正体知ってると思ったのに！」

「……は？」

だが、山中の反応は想像していたものとは真逆だった。

「ええっ！　篠崎君も知らないの⁉」

つづいて金澤先輩も同じリアクションを取る。なんだ、二人とも俺をからかってるのか？

「い、いや、俺は──」

「わかります！　幼馴染のストリーマーを取られて悔しいですよね！　でもモブさんは絶対いい人なんで！　あの人ならちくわちゃんもねこまも任せられると思います！」

「そうね！　絶対大丈夫よ。だから私たちと一緒に応援しましょう！」

これは、どうやらからかっていない……のか？

「あ、ああ……俺も応援、するよ」

二人の圧に負けて、俺は自分自身を応援する羽目になった。


──

仕事を終え、家に帰って顔を洗う。疲れでぼーっとした思考が幾分かはっきりしたので、夕食に買ってきたカップ麺《めん》にお湯を入れてから、ベッドに腰掛けた。

結局、二人とも俺がモブだということは本当に気付いていないようだった。

そんなことあるか？　私服のまんまだったし、仮面型ARデバイス着けただけだぞ？　……と、思ったが事実二人ともがモブと俺をイコールで結べなかったのである。

「意外と、モブってそれこそ名前の通り普通の奴だと思うぞ」

評価が青天井に上っていく二人に、俺はなんとか実像と虚像のマッチングを行おうとした。

「いやいや、篠崎さん。いくらモブさんにちくわちゃん取られて悔しいからってそんな言い方はダメですよ」

「そうよね、モブ君の冷静でクールな声は絶対に超イケメンよ」

だが、帰ってきた反応は完全に俺の手に負えるものではなかった。それを察した俺は、軟着陸することを諦めた。もう絶対に正体がバレるわけにいかない。

「はぁ……」

俺は溜息をつきつつ、識別票を操作して柴口さんの言っていた「テイムモンスター取り扱い講習」の受講ボタンをタップする。少しのロードを挟んだ後、動画が始まり、シークバーを見ると四十分ほどの講習らしい。

俺は割り箸でカップ麺を啜りながら動画を見始める。講習の内容は「公共の場ではストレージから出さない。出す場合はハーネスを付けること」だとか「ダンジョン外では攻撃的な行動はロックされている」だとか、まあそりゃあそうだろうなって感じのことばかりが流れていた。

そして、内容に関しても家の中だとか事務所のミーティングルーム内なら、常識的に扱えば特に問題は無いようだった。

「……」

内容が簡単だと、今度は集中力が切れてくる。俺はスマホの探索者支援アプリを取り出して、モビのステータスを確認する。

名称：モビ
種族：モーラビット2.0　Lv3
力：10
知：7
体：5
速：12

進化を一度してからは、素材の要求量も増えてきたので、そう思い通りに強化はできないでいた。まあいつも通りのペースで集められるとすれば、あと四〜五回ダンジョンにもぐればLv9は達成できそうだ。

「では、この講習は以上となりますので、効果測定を行ってください」

カップ麺のスープを排水溝に流していると、そんな音声が流れた。俺はシンクを掃除してから、効果測定を受けることにした。

4　地雷処理（処理できていない）

俺は今、次の日が休みの時、バイトを終えた後に配信をするようにしている。

休みの日は当然寝ておきたいし、ダンジョンにもぐるのは体力的にも簡単にできることではない。

ましてや「犬飼ちくわ」の初ゲストで参加した時のようなことをすれば、筋肉痛でまともに動けないし、寝坊だってするかもしれないのだ。

「じゃあ、今日はこのくらいで終わります」

『お疲れー』

『俺は明日早いしもう寝るわー』

『モブさん配信ありがとう！』

ダンジョンの素材を取り切ったところで、俺はドローンに向かって挨拶をしてから接続を切る。

そしてモビに周囲を警戒させながら、装備の更新を行って、ステータスを確認する。

――装備品
武器：ヴェノムスティング
頭：フォレストヘルム
胴：アイアンメイル

腕：スコルピガントレット
腰：アイアンベルト
足：アイアンレガース

――スキル
槍マスタリーLv5
魔法マスタリーLv1
属性マスタリーLv2（火・回復）
回避マスタリーLv3
テイミング適性Lv★

前回のボスを倒して手に入った素材で、装備品の更新を行って、スキルのほうも槍を中心に戦っているからか、なんとLv5まで上昇していた。愛理に聞いてみたが、Lv3くらいが初心者から中級者の境目で、Lv7くらいからが専門スキル扱いになるらしい。それに当てはめると、Lv5は探索者基準では槍の扱いを普通にできるくらいの位置付けだろうか。

それと、短剣マスタリーの項目が消えたことを聞いてみたが、どうやら俺の予想通り、使っていないとレベルは下がっていくらしい。使えば使うほどレベルが上がり、使わないとレベルが下がり、消滅する。この辺りは現実でも同じようなものだな。ちなみに愛理が言うには、Lv8とLv9は少しでも使わない期間があると、すぐにLv7まで下がるらしい。だからスキルレベルが8以上あるダンジョンハッカーはいわゆる「ガチ勢」と認識されているようだ。

「ま、ボクは双剣マスタリーLv8だけどっ」

その時ついでのようにマウントを取られて、俺は苦笑したのを覚えている。

モビの先導でダンジョン入り口まで戻ると、クラウドストレージの中にある研磨石と、今日採集した研磨石の数を合わせると三〇〇個を超えていることに気付く。

――研磨石三〇〇個集まったけど。

愛理にメッセージを送ると、数分で既読が付き、返信が来る。

――ありがとう！　明日の夕方取りに行くね。

――じゃ、いつものファミレスに十八時な。

受け渡しをして、もしかするとまたゲストで呼ばれるかもしれないな。そうなったら、またちくわのチャンネルに出ることになるのだろうか。

そうだとすると、モビの進化もできるように進めておきたいな。撮れ高がありそうなのはちくわのチャンネルでやったほうがいいし。

――あの、どこかで今から会えませんか？

そんなことを考えていると、メッセージアプリにそんなメッセージが着信した。

――深河駅の十番線ホームで待ってます。

スパムかな？　と思った瞬間に追加でメッセージが届く。内容が具体的なうえに、俺が行く行かないにかかわらず「待っている」なんて書くのは、一体なんなんだろうと気になった。しかも今の時間は夜十一時を回ったところである。行けるかどうかもギリギリだが、終電を逃せば帰ってこれない可能性もあった。

――わかった。今から行く。

しかし、なんだか俺はそのメッセージを放っておくことはできなかった。スパムだとか、怪しいだとかは勿論《もちろん》思ったし、自分がテイマーという存在になったからこそ、こういう不審なメッセージは無視するべきだというのもわかっていた。

だがそれでも、俺のことを知っている誰かが助けを求めているように思えて仕方なかった。だから俺は、ダンジョンから出たその足で電車の駅へ向かっていた。

―――

ネットリテラシー講習は、当り前のことしか言ってくれなかった。

他人に悪口は言わないようにしましょう。

投稿する前に、言っても大丈夫なことか確認しましょう。

ネットで知り合った人と会う時は注意が必要です。できれば会わないようにしましょう。

そんなことはわかっている。言われたことを全部守れば炎上しないっていうのも、わかる。でも、それができないから私はこうしているんだ。

配信禁止令が事務所から出された時、ママからすごい怒られた。私の家族にはパパがいないから、私の配信でお金を稼がないといけないのに、配信ができないと、またママがお兄ちゃんと喧嘩する。

「帰りたくないな……」

その言葉を呟《つぶや》いた瞬間、私の両足に根っこが生えてしまったような気がした。駅のホームで電車を待っていたけれど、そこから一歩も動けない。

周りの人たちは、私を避けて電車に乗り込んで、家に帰っていく。私も帰らなきゃ……そうは思うけれど、そう思うほどに足が石のように重く、根っこが生えたように地面にくっついていた。

「っ……はっ……っ」

息が苦しい。

電車に乗るまでの十数歩が歩けない。

周囲の人が、私の顔を見る。

電車の扉が閉まり、動き出しても、私はその場から動けなかった。

「……ぁ」

電車が通過したところで、私の足はようやく地面から離れてくれた。

私は引き寄せられるように駅のベンチに座り、自分の身体を抱いてうずくまった。もう、何もできる気がしない。

「っ⁉」

突然スマホが震えて、通知を表示する。

――モブ　さんが配信を始めました。「作業　研磨石・スキル・レベル上げ」

私は無意識にそれを開いて、配信を見始めた。

『どうも、モブです』

彼はそれだけ言って、黙々と作業をする。地味な作業だ。だけど、テイムモンスターのモビと、彼自身の不器用な優しさを持った反応が、リスナーを楽しませてくれる。

私はその配信をじっと見続けた。別にすごく面白いわけでもない。だけど、どこか安心する配信だった。

『じゃあ、今日はこのくらいで終わります』

どのくらい見ていただろうか、彼がそう言うと、無機質に配信がオフラインになる。それと同時に、私は現実に引き戻される。

夕方だった周囲は、既に真っ暗になり、時刻を見るともう十時半を過ぎたところだった。

「……」

身体が動かない。

ただゆっくり流れていた安心できる時間が、終わってしまった。それだけで私は動けなくなってしまった。

家に帰らなくちゃ。

でも、家に帰ったらママがいて、ママは私の帰りが遅いことを怒るかもしれない。もしくは、お兄ちゃんが家にいて、また二人で喧嘩するかもしれない。

「……」

家に帰りたくない一心で、私はマネージャーに聞いていたモブ——優斗さんのアカウントに、メッセージを送ろうとしていた。


——あの、どこかで会えませんか?


あとは送信するだけ、というところで、私の手が止まる。ダンジョンにもぐった後で、疲れていないだろうか。そもそもあの人は「犬飼ちくわ」のもので、私がどうこうしても困るし、断られるんじゃないか。

考えが巡って、送信ボタンが押せない。私は何回も書いては消して、書いては消してを繰り返し、それでも会いたくて、メッセージを送信していた。

来てくれるだろうか。もし来てくれなかったら、私はどうなるんだろう。家に帰るための電車は、もう数本しか残っていない。

――わかった。今から行く。

送信を取り消そうかと思った時、メッセージに既読が付き、返信が届く。私はそれを見て心が軽くなるのを感じた。

――

深河駅は、様々な路線が入り組んだ駅で、十番線ホームは都心へ向かう方向とは逆の、ベッドタウンへ帰る方向のホームだった。

そういう訳で、家に帰ろうと急ぐサラリーマンの人とかがいっぱいいたわけなんだが、幸いなことに俺を呼び出した人はすぐに見つかった。

「おまえは～～～だろぉ!?　こんなんだから～～だって～～～～!!」

酔っぱらいの何を話してるかわからない声がするほうへ向かうと、猫耳フードの少女が、赤ら顔のおじさんに絡まれていた。

「猫島！」

「あっ……」

「なんだぁ？　お前が保護者か？」

彼女に駆け寄ると、おじさんもこっちを向いて酒臭い息を吐きかけてくる。

「はい、迎えを頼まれまして」

「けっ、だったら〜〜〜しとけよなぁ！」

「はいすいません」

何を言ってるかわからないが、こういう手合いは何を言ってるかわかっていたとしても、適当に受け流してこちらへの興味を失《う》せさせるのが最も角の立たない対応だった。

「……ありがとう」

おじさんが不機嫌そうに喫煙スペースに向かうのを確認したところで、猫島が口を開いた。

「ま、気にすんなよ、バイトで得た経験だ」

世の中には変な奴がいて、そいつと遭遇することは少なくない。だから、そういう手合いと会った時はやり過ごすのが最善手である。

「それで――このメッセージを送ったのは猫島でいいのか？」

俺はメッセージアプリの画面を開き、知らないアカウントとのやり取りを表示させる。

「あ、うん……マネージャーから聞いて」

マネージャーっていうと、柴口さんか。勝手に教えられたのは少し思うところがあるけど、こういう状況で連絡がつけられたのはありがたいな。

「その、迷惑だった？」

「いや全然」

正直なところかなり疲れているが、猫島くらいの女の子が深夜にうろついているのは褒められたことじゃないし、普通に危険だ。彼女を守るためであれば、むしろ連絡してくれてありがとう、といったところか。

「良かった……」

猫島は、安心したように背中を丸めて首を垂れる。なんだか、ちくわとコラボした時の「珠捏ねこま」とは別人のようだった。

「それで、どうした？　家に帰らないのか？」

印象が全く違うとはいえ、何か俺の力が必要なんだろう。随分しおらしくなってしまった猫島に、俺は目線を合わせて声を掛ける。

「帰りたくない」

「そっかー……」

理由を聞いてもいいのだろうか、いや、でももし俺がこの状況だったらそれを口にするのも嫌な時ってあるよな……。

「わかった。近所で二十四時間営業のファミレス探そう」

そう言って、俺はマップアプリを立ち上げる。深河駅は都心には及ばないが、十分繁華街だ。少し探せば、いくつかは見つかるだろう。

事実、駅前の徒歩数分の所に、二十四時間営業の居酒屋があった。未成年の入店は断られるかもしれないが、ギリギリ成人済みの俺もいることだし、なんとかなるだろう。

「よし、見つけた。行こう」

「……」

だが、俺が手を伸ばしても、彼女は動く気配が無かった。何か調子が悪いのだろうか。

「優斗さんのおうちじゃ、ダメ？」

調子が悪いのか、疲れて眠いのかと心配していると、猫島はそんなことを言い出した。


——


「はぁ……」

どうかしている。

俺が一人暮らしだからよかったものの、実家暮らしだったら母親が俺を警察に突き出すかもしれない。

そして俺がちょっと女の子に積極的だったら、間違いなくこの状況で手を出している。

つまり、俺が消極的だから猫島の身の安全は保障されていて、俺が一人暮らしだから警察に突き出されずに済んでいるわけだ。なんとも薄氷の上を歩くようなバランスである。

「……」

申し訳程度の廊下と扉を隔てて、シャワーの音が聞こえてくる。彼女は俺の勧めで風呂に入っている。何をするにも、空腹で風呂にも入っていなかったらネガティブに引っ張られてしまうという持論に基づいて、彼女には風呂と、コンビニで俺の夕飯……というか夜食の割引弁当ついでに買ったサンドイッチを用意してある。

こっそりと、俺は柴口さん経由で状況を親御さんに伝えることにして、柴口さんのほうからは了承を貰っている。あの人からも「打ち合わせが長引いて今日中には引き取りに行けないけど、絶対に手は出さないで」と釘《くぎ》を刺されたが、俺にはそんな意気地は無いので安心してもらおう。

シャワーの音が止まり、風呂の扉が開く音が聞こえる。

「猫島、風呂浸かったか？」

「え、いいよ……浸からなくて」

「ダメだ浸かっとけ、最低百秒な」

シャワーの前後でタイムラグが無かったので、俺は部屋から彼女に声を掛ける。湯船に浸かるというのは、ただ身体の汚れを落とす行為ではないのだ。まず身体をあっためて、次にお腹《なか》を満たす。悩み事を考えるのは、それからでいいのだ。

「上がったよ……」

「悪いな、こんな物しか無くて」

十数分後、猫島が俺の高校時代着ていたジャージを着て部屋に戻ってきたので、入れ替わりに俺が風呂に行く。

適当に服を脱ぎ捨て、シャワーを浴びて汗を流す。その途中、いつも使ってるシャンプーの匂いだというのに、少し華やかな匂いが混じっているような気がして、不意に心臓が跳ねた。

「っ、いかんいかん……」

邪念を振り払うように湯船に浸かり、乱暴に身体を拭《ふ》いてパジャマに着替える。

部屋に戻ると猫島はサンドイッチに手を付けずにいた。

「ま、話はそれ食ってから聞くから」

「食欲無い……」

「いいから食え、食わないと悪い考えばっかり浮かぶから」

俺はわがままを言う子供に言い聞かせるように、猫島にそう告げて、温めた割引弁当を口にする。

「……」

猫島は少し戸惑っていたが、観念したのかおずおずとサンドイッチに手を伸ばし、口に運んでいく。

確か配信禁止を事務所から言われてるって言ってたな、悩みはそれ関係だろうか。俺は彼女がサンドイッチを食べるペースが上がっていくのを見ながら、ぼんやりとそんなことを考えた。

「少しは落ち着いたか？」

柴口さんから「ようやく終わったから迎えに行く」という連絡を貰って、一息ついたところで猫島のほうを向く。

「うん、優斗さん。ありがとう」

風呂に入って食事をしたからか、随分情緒は安定したようだった。

「あんな時間まで駅にいた理由は聞いたほうがいいか？　聞かないほうがいいか？」

「その、聞かないでいてほしい、です……」

「そうか」

メッセージにあったのは「会いたい」ということだけだった。だから俺は必要以上に聞かないことにした。彼女は元不登校だという話も聞いていたので、無理に踏み込んでも拒絶されるだけだろう。

「……」

沈黙が訪れる。何か話したほうがいいだろうか？　そう思って話題を探すが、俺は猫島のことをよく知らないままだった。

「あ、そうだ。聞けばいいじゃん」

「え？」

知らないなら、本人から聞けばいい。俺はそう思って彼女に直接聞くことにした。

「なあ、猫島ってなんで探索者なんて始めようと思ったんだ？」

踏み込みすぎず。なおかつ俺が聞いても不自然じゃなく、猫島にも答えやすいであろう質問を投げかけてみる。

「え、それは昔の配信で何度も話したと思うんだけど――」

「いいじゃん、直接聞きたいんだよ」

ごめん、見てない、とは言えるはずもなく。俺は彼女に笑いかける。猫島は少しだけ不機嫌そうに「むぅ」と唸《うな》ってから話し始める。

「えっと、なんか、楽しそうだったから」

「楽しそう？」

探索者の裏側をよく知っている俺には、そんな感覚は全く無かったので、意外だった。

「ほら、配信はすごい華やかなことしてるし、私もそれができるのかなって」

なるほどな、確かに何かを始める時は大体、何にしてもそういう感覚なのかもしれない。俺みたいにストリーマーのアシスタントから始める形なんていうのは、割と少数派なのかもな。

「最初のうちは失敗もあったけど、結構周りの人が助けてくれるから、なんとかずっと登録者が増えていって……それで、深河プロを立ち上げる時にスカウトされて、今になるって感じ」

「てことは、深河プロの最古参ってことか」

俺の問いかけに、猫島は頷いてくれた。

「私のおかげであそこまで大きくなったのに、急に配信禁止って言われるなんて、納得いかないっていうか……今も大人しくネットリテラシー講習？　みたいなのに行かされてるし、私、深河プロ辞めようかなって思ってるんだ」

自分の来歴を話したことが呼び水になったのか、猫島はようやく自分の心の内を吐露し始めてくれた。

「それで、良ければなんだけど、優斗さんも一緒に個人で活動しない？　きっとそのほうが楽しいし、ほら、カップルストリーマーとしてなら炎上もしないから」

「うーん……」

俺は悩む。

いや、深河プロについていくか、彼女についていくかではなく。猫島にどう伝えれば彼女自身の勘違いを正せるのか、それを悩んでいた。

「猫島は――」

「紬って呼んで」

「……紬ちゃんは、俺の配信見てたか？」

「うん、勿論！」

先程までの、陰のある声色からは打って変わって、彼女は喜色をにじませた声で話を始めた。

「優斗さんってとっても優しいし、すごくちくわちゃんのこと考えてくれてるよね！　私も優斗さんみたいなアシスタントが欲しかったなぁ」

憧れというよりも、欲しいおもちゃを見つめる子供のような反応をする。俺はそんな彼女の目を見て、一つ一つ言葉を選んで、自分の考えを伝えることにする。

「紬ちゃん……君は、周りの人をよく見るべきだ」

「え――」

「ダンジョン配信なんて、一人でやっていたら俺みたいな地味なものになるはずなんだ。それをさせなかったのは、ファンの人であり、深河プロのみんなであり、マネージャーの柴口さんだ」

俺はしっかりと、一つ一つ言い聞かせるように、紬ちゃんの目を見て話す。彼女は俺から目を逸《そ》らそうとしていたが、それでもなんとか俺のほうを見ていてくれた。

「それじゃあ、優斗さんは私と一緒は嫌ってこと？」

「それは全然違う。今のままだと、俺が一緒に深河プロを辞めたところで『紬ちゃんを助けてくれた誰か』になるだけなんだ。それじゃあずっとそのままで、君にとっても、俺にとっても良くない」

そう、彼女は「自分を助けてくれるもの」を味方だと思っている。それは一面では正しいけれど、他の視点では間違ったものになる。

「それって、どういうこと？」

「……」

どう伝えればいいのだろう。

口で言えばそれはただ単に安っぽい言葉になるけれど、口で言わなければ伝わらない。だから俺は、自分が全てを語るようなことはしないと決めた。

「いろんな人から聞いてくれ、なんで自分を助けてくれるのか、なんで嫌なことをするのか、どうして関わることを止めないのかを」

紬ちゃんはよくわからないという顔をする。それはそうだろう。俺だってちょっと何を言ってるのかわからない。

「じゃあ、優斗さんはどうしてそんなことを言うの？」

それでも言いたいことがわかっている分だけ、彼女よりはしっかりしたことを言えそうだった。

「紬ちゃんが大事だからだ。トップストリーマーとか、可愛いからとか、そういうことじゃなくて、一人の人間として、大事に生きてほしいから、こういうことを言っているんだ」

「……？」

キョトンとした表情の紬ちゃんが何かを言うまえに、玄関のチャイムが鳴る。扉を開けると柴口さんが息を切らして立っていた。

「ねこまちゃんは!?」

「風呂に入れただけだよ」

「本当ね？　本当に手は出してないのね!?」

俺に噛みつかんばかりに威嚇をした柴口さんだったが、ジャージ姿で呆然としている彼女を見て、安心したように深く息を吐いた。

「マネージャー……？」

「ごめんね、ねこまちゃん。八時からのミーティングが十二時までかかったの。篠崎君に任せようかと思ったんだけど……やっぱり異性の家で外泊はちょっとね」

俺は紬ちゃんの服は脱衣所にあることを教えて、ジャージはそのままあげることにして、二人を家から送り出すことにした。

「悪いわね……」

「別に良い。それよりちゃんとメンタルケアをして、本人とちゃんと話してくれ」

言うことがコロコロ変わったことや、疑ってしまったことを含めた諸々《もろもろ》を謝られつつ、俺は二人を送り出した。


―


「じゃあ、本当に何もされてないのね？」

タクシーに乗っている間、マネージャーからは何度も同じことを聞かれた。私はその度に同じことを答えて、その度にマネージャーは自分自身に言い聞かせるように同じことを繰り返していた。

「ねえ、マネージャー」

「何？　ねこまちゃん」

いい加減、同じことを答えるのにめんどくさくなってきた私は、なんで同じことを何度も聞くのか、その理由を聞いてみることにした。

質問をしようとして相手の顔をうかがうと、なぜだか優斗さんと同じ雰囲気を感じた。

「なんで、そんなことを何度も聞くの？」

正直なところ、今日は講習とかあったし、優斗さんの家でお風呂と夕飯を食べたから、疲れがどっと出てきていて、答えるのが非常に億劫だった。できればいっそのこと、放っておいてほしい。

「あ、ごめんなさいね、ねこまちゃんのことが心配でしょうがなくて」

そう言われて、私はムッとする。心配するくらいなら、こうなった原因の配信禁止令も解除してくれればいいのに。

「……別に、今私は配信できないし、稼げないいんだからほっといてくれればいいのに、嫌がらせのつもり？」

私は優斗さんに誘いを断られたこともあって、少し不機嫌になっていて、思わずそんなことを言ってしまった。

「そんなことないわ！」

言った後で、後悔する間もなくマネージャーは声を上げた。

「マネージャー……？」

「どれだけたくさんの人があなたを心配してると思ってるの！　どうしてねこまちゃんのママを説得するのに時間がかかったか、わかるでしょ？」

「……」

また「あの目」だ。

私はこの目が嫌いだ。心配しているふりをして、私のやりたくないことをやらせようとしてくる人の目だった。

優斗さんにも言われたけど、みんながそうする理由が全然わからない。私が大事なら、私が楽しいことだけをさせてよ。

――紬ちゃんが大事だからだ。

わからない、と言って拒絶しようとした時、不意に優斗さんの言葉が蘇《よみがえ》る。

「今回は篠崎君が紳士だったから大丈夫だったけど、いつもこうなるとは限らないわ。特に、一見して優しい人は本人がどういう考えでいるかは別として、本当にあなたを想ってる人かどうかなんてわからないの」

「……」

一度、街で夕食を奢ってくれるって言うおじさんがいて、ついていったことがある。

それなりに高いお店に連れていってもらえて、嬉しかった。だけど、私にべたべた触ってきて気持ち悪かったから帰ろうとしたらおじさんの態度が変わった。

確か「高い金払ってやったのになんだその態度は」とか言ってた気がする。それで、殴られそうになったところで、マネージャーが駆け付けてくれて、守ってくれた。

だけどその後たくさん怒られた。マネージャーとあのおじさん。何か違うところがあるっていうのはわかるんだけど、何が違うのかがわからない。

「よく、わかんない」

「……ふぅ、そうね、すぐにはわからないわよね」

そう言って、マネージャーは私の頭を軽く撫でて、ふわりと笑った。

「でも、覚えていてちょうだい。あなたのことを大事に思っている人がいるってことを。その人たちをしっかり見分けて、その人から見た自分をよく知りなさい」

「自分を……よく知る？」

マネージャーは、よくわからないことを私に言うと「さ、おうちまで送ってあげるから、寝ちゃいなさい」と、私に上着を被せてくれた。


――


「ふぅぁ……あぁ……」

目を覚ますと、既に短針が二の数字に差し掛かっていた。休日とはいえ寝すぎたか。窓の外では天高く太陽が昇り……いや、ちょっと既に西のほうに傾いてるな。

「さて」

寝て午前中を潰《つぶ》してしまったものは仕方がない。今日は夕方に愛理と会う約束があるし、軽く家の片づけをしてシャワーでも浴びるか。

俺は溜《た》まったゴミを大きい袋にまとめてゴミの日に出すようにすると、部屋の隅に置いてある掃除機を取り出す。

一週間、溜まりに溜まった埃《ほこり》をズゾゾーっと吸い取ると、俺はパジャマを洗濯機に放り込んで風呂の扉を開ける。

「……ん？」

扉に挟まって、黒いレースの靴下が片方落ちていた。

間違いなく俺の物ではないし、そもそも男物でもない。なんでこんな物がここに……？

少し考えて、昨晩紬ちゃんが風呂を借りていったことを思い出す。そうか、彼女のか。

よくよく見ると、間違いなく洗濯機にぶち込んで適当に洗ってはいけない形をしている。洗って返そうかとも思ったが、下手に洗うと捨てるしかない状況になりかねない。

しばらく考えた後、俺はその靴下を机の上に置いておくことにした。今度柴口さんと会う用事がある時にでも、紬ちゃんに返すようにって渡せばいいだろう。

俺はそう考えて、風呂場に戻って蛇口をひねる。少し待つと温かいお湯が身体を打って、掃除でついた埃とか、寝ている間にかいた汗を洗い流してくれる。男友達ならまだしも、愛理と会うんだからこれくらいは身だしなみを整えておかないとな。

いつもの待ち合わせ場所に着いたのは、一七時半だった。待ち合わせの十八時まで結構時間があったので、俺は数日の間に稼いだ素材をこそこそとモビに食わせていた。

勿論呼び出すようなことはしない。こんなファミレスの中で、テイムモンスターなんか出したら、即刻ネットに上げられて表舞台に引っ張り出されてしまうことだろう。

幸いなことに、俺を特定しようとする勢力は、俺自身へとまだ届いていない。このまま興味を失ってくれることを期待したいところだ。

超有名人のＳＮＳアカウントとかも、数週間も経《た》てばフォロワーが落ち着いて話題に上らなくなる。俺が目指すのはその辺りにあるユーザーたちの「飽き」である。このままモビと一緒につまらない地味な配信だけをやっていれば、いつかはちくわのチャンネルの陰に隠れて見えなくなるだろう。

「よし」

ドリンクバーで粘りつつ、モビに素材を食わせ終わった俺は、こいつのステータスを確認する。

名称：モビ

種族：モーラビット2.0　Lv9
力：16
知：10
体：6
速：20
支援スキル：ステータス強化〈速〉

Lv9に上がって速の値が20を超えた瞬間に「支援スキル」とかいうものが増えた。これはどうもASAブラストとは別に、消費なしで行える支援で、力なら重い物を持てたり、知なら魔法の威力が上がったりするらしい。

つまり、速が強化されるということは、素早い動きができる、みたいなところだろうか。これは咄嗟《とっさ》の回避とかで使えそうだな。

「お待たせ、優斗！」

「ん、お疲れ、時間通りだな」

モビのステータス画面とにらめっこしていると、愛理に肩を叩かれた。俺が挨拶を返すと、彼女は上機嫌に向かいの席に座った。

「機嫌よさそうだな」

「うん、リスナーさんも、ボクが事務所に入ったのと方針が変わったのをようやく受け入れてくれたみたいで、いつも通りに戻ってきたしね！」

「それはよかったな」

俺は愛理の報告に頷いて、ほっと息を吐く。昨日の紬ちゃんのことを考えると、愛理も何か不安を抱えているんじゃないかと思っていたのだ。

そして、ちくわのリスナーが落ち着いてきたということは、俺への興味も薄れてきたというわけだ。これからも愛理のことを手伝うつもりでいるので、俺だけが独り歩きしてしまうのは、そういう意味でも避けたかった。人気者には人気者の、日陰者には日陰者の役割というものがあるのだ。

「じゃ、もう大丈夫だな」

研磨石を三〇〇個渡しながら、俺は肩の荷が下りたようにそう言った。研磨石さえ渡していれば、裏方が表舞台に出ることもないだろう。

俺自身のチャンネルも、柴口さんには悪いが、徐々に頻度を下げていけば気にする人間もどんどん減っていくだろう。半年後には、もしかしたら「モブ？　ああいたねそんな奴、それでさ――」みたいな会話を聞けるかもしれない。それに、テイマーなんて二人目とか三人目が現れる可能性もあるのだ。どう考えても、うまいこと軟着陸できそうに思えた。

「えっ、それって……どういうこと？」

「ん？　愛理は大丈夫そうだから、俺はちょっと距離取って大人しくしてるってこと。別に研磨石はこれからも渡すからいいだろ？」

「ダメだよ！」

ドリンクバーのお代わりを取りに行こうとしたところで、愛理が机を叩いて大声を出した。

「ちょ、落ち着けよ」

「あ、ごめん……でも、できればこれからもちょくちょくゲストで出て欲しいな、ほら、モビちゃんいると撮れ高あるし」

「いやーでもさ……」

そうなると、いつまでたっても軟着陸できなそうだし、モビを出せばいいだけなら、リスナーに飽きられてまで俺が配信に出るっていうのも、なんとなくしっくりこないものがあった。

「……」

それを伝えようとしたが、途中で止めた。愛理がじっと、真面目な顔で俺を見ていた。この表情をしている時は、何がなんでも譲る気が無い時である。

「わかったわかった。じゃあ次のゲストで呼ばれる時の話をしておくか」

こうなったら、俺が折れるしかないのは長年幼馴染をやっているのでわかっている。だから、俺はドリンクのお代わりを取りに行ってから、彼女の計画を聞くことにした。


――

優斗がドリンクバーに行っている間、ボクは胸を押さえて動悸《どうき》を落ち着けようと頑張った。

怒鳴っちゃった。嫌われたかかな？　でも、優斗がボクの前からいなくなるよりはずっといい。

やっと配信をしている時も、近くにいられる時間が増えたんだ。減らすなんて、認められない。

「はぁ……」

優斗はボクの全て——って言ったら言いすぎかな。でも、ボクの中で大きな部分を占めている。

本人にそんなそぶりを見せないようにしてるけどね。

きっと、優斗に全力で頼ったら、優しいからそれに応えてくれると思う。だけど、ボクはそれじゃ嫌なんだ。

みんなの人気者で、誰からも好かれて、自立した人間。そういう姿で彼の前にいることで、初めてボクは優斗と対等な関係を築くことができると思う。

だから怒鳴ったり、怒ったり、泣いたりは見せるわけにいかない。見せたら、優斗にとってのボクは「守られる存在」になってしまうから。

コーラとカルピスを混ぜて遊んでいる彼の背中を見ながら、ボクは胸を突いて出そうになった気持ちをなんとか抑え込んだ。

「飼い主殿のみんなー！　猛犬系ストリーマーの犬飼ちくわだよー！」

「モブとモビです」

「キューイッ!!」

『おはチワワ』

『今日はモブとモビも出るんだ』

『モブがいると安定感あるよな』

何回目かになる挨拶をすると、リスナーからは割と好意的な反応が返ってくる。幸いなことに、顔を出していないのと、ちくわの役に立っているのがいい方向に作用しているらしい。

「今日はねー、ボクの遺物系武器の強化とモビちゃんの進化、その後にダンジョンボスのサラマンダーに挑んじゃうよ！」

『焼け犬になる未来が見え……まあ、モブがいるし大丈夫か』

『二人でサラマンダーってちょっときつくない？』

『言うてちくわは双剣Lv8だし、モブはテイマーだから無理ってことはないでしょ』

リスナーの反応と、ボスの名前を聞くかぎり、結構大変そうな気がするのだが、ちくわは自信満々に配信の進行をしていて、多分なんとかなるのだろうという安心感があった。

「じゃあ早速、遺物双剣を強化しまーす！」

そう言って、ちくわはタブレットのキャプチャ画面を表示させて、酷《ひど》く錆びついている双剣の強化ボタンをタップした。

　画面の中で演出が始まり、錆びついていた表面が遂に青白い光を放ち始める。

『あ、そうか、遺物双剣手に入るならサラマンダーなんとかなるじゃん』

『双剣って何になるんだっけ』

『ドラゴンデストロイヤーだって、ウィキに書いてあった』

　なんとも物騒な名前であるが、その名前に恥じない、攻撃的で凶悪なデザインの双剣が錆《さび》の塊から出てくる。

「よし、強化完了！」

　この間まで使っていた、ちくわ愛用の双剣と比べると装飾が多く、それでいてかなり大ぶりな武器になっていた。前のが短剣の二刀流だとすれば、これは片手剣くらいの刃渡りがある。

『見た目ヤベー』

『次の強化は五〇〇個とサラマンダーの逆鱗《げきりん》だっけ？　……ああ、だからか』

『モブが手伝ってくれるうちに出てくれると嬉しいんだけどねー』

　よくよくその双剣を見ると、刀身部分や柄《つか》の辺りに、まだ錆が残っていた。ストレージに保管している物はデータ化されているはずで、ましてや強化したての物が錆びついているはずがなかった。

　つまりこの武器は「とりあえず使えるようにしたけどまだ強化段階があるよ」ということらしい。

「コメントで誰か言ってくれたけど、この武器はドラゴンデストロイヤー！　あと一回強化を残してるけど、この状態でもかなり攻撃力が高い。最強の一角だよ！」

『おおー！』

『すげえええ』

『研磨石累計五〇〇個も集めてくれたモブに感謝だな、ていうか、この後の五〇〇個も手伝ってもらうのか』

この後研磨石五〇〇個……まあそんなに負担にはならなそうだな、ボス討伐なんて危ないこと、ちくわと一緒にしかやるつもりないし。

「そうだね、モブ君にはこれからも頑張ってもらわなきゃ！　ドラゴンデストロイヤーは文字通り爬虫類《はちゅうるい》とかドラゴンみたいな硬い鱗《うろこ》のモンスターに効果テキメンなのも嬉しいよね！」

ちくわが話の流れで武器の説明をする。なるほど、だからサラマンダー相手でもなんとかなるって空気だったのか。俺は遅ればせながら、コメントの真意を察した。

「じゃ、次はモビちゃんの進化だね！」

「わかった。進化させます」

その流れでちくわに言われて、俺はモビのステータスを確認して、進化ボタンをタップする。

するとモビが光に包まれ、それが収束すると、どこか非生物的なフォルムになったモビがそこにいた。

「キュイッ」

モビは少し機械音声みたいな鳴き声をして、俺の足元に身体をこすりつける。俺はその姿を確認した後に、ステータス画面をキャプチャーして配信画面に映してやった。

名称：モビ
種族：モーラビット3.0　Lv 1
力：17
知：10
体：6
速：20
支援スキル：ステータス強化〈速〉

『おー結構強くなってんじゃん』

『モーラビットって最低級モンスターだろ、それでもこれくらいのステータスになるんだな』

『ちょっと可愛さが無くなっちゃったのはマイナスだけどな』

リスナーが口々に反応する中、俺はモビの成長量が、今ひとつ低いことが気になっていた。

ある程度のレベルまでは成長が早いが、一定以上を超えると成長率が悪くなる、というのはゲームとかだとよくあることだが、テイムモンスターにもそれがあるということだろうか。

「キュ？」

そんなことを考えていると、視線に気付いたのかモビが俺のほうを見て首をかしげてきた。どうもこの間気付いたことだが、知のステータスは魔法の威力もそうだが、実際の知性もステータスと連動して上がるらしい。

もし20とか40になったら人の言葉を話したりするんだろうか、とか考えてみるが、まあどうせ先人のほとんどいない状況だ。なるようになれ、という感じである。

「よーし、モビちゃんも強くなったし、モブ君もチャンネルのほうでスキル上げ配信とかしてくれてたしねっ！　サラマンダー挑戦してみよう！」

『おーっ!!』

『二人と一匹ならできるっ！』

『一回で逆鱗出るといいねー』

ちくわが上機嫌に宣言すると、リスナーたちは口々に応援する言葉をコメントする。俺が参加した頃のリスナーとは全然反応が違って、それがちょっとおかしかった。


「フシュゥウウゥ……」

ダンジョンの最奥までたどり着くと、熱気のこもった吐息を出しながら、五〇メートルくらいある赤黒い鱗のトカゲが俺たちを睨《にら》みつけていた。

まあサラマンダーって名前から、普通にそういう見た目なのは想像していた。だが、ちょっとデカすぎないだろうか？　俺の想像だと、大きくてもせいぜい十メートルくらいの認識だったんだが。

「キュイッ！」

モビが声を上げて、戦意を誇示する。なんだお前あの姿を見てしり込みしないのか。

「じゃ、モブ君もやっていこっか！」

「いや、いやいや」

やる気満々に新しい双剣を振り上げるちくわを、俺は思わず呼び止める。両方とも、ちょっと恐怖だとかそういう感情を欠落させすぎじゃないだろうか。

「もー、どうしたの、モブ君」

「サラマンダー、明らかに強そうなんだけど大丈夫なのか？」

パッと見た感じ、ギルタブルルよりは相手にしやすそうだが、エルダードライアドよりは明らかに危険度が高いように見えた。そして、何よりもあの巨体である。あれと比べたら、俺の武器なんて良く見積もって爪楊枝《つまようじ》くらいの長さしかない。まともに戦えるかどうかすら微妙だった。

「大丈夫大丈夫、サラマンダーはボスの中でも簡単なほうだから！」

「さっきリスナーが『この面子《めんつ》ならなんとかなるか』って言ってなかったか？」

なんとかなる。ということはつまり、俺とちくわ、あとモビがいてなんとかギリギリ勝てるということだ。彼女の見立てとは、明らかな乖離がある。

「まあまあ、そんなに不安なら、モビちゃんと一緒に最初は様子を見ておいてよ」

そう言って、ちくわは地面を蹴ってサラマンダーへと駆け出す。

「おいっ、話はまだ――」

「ふっ……！」

攻撃範囲内に入ったのか、サラマンダーはちくわへ向き直り、口を開けて炎を吐き出す。彼女はそれを予期していたように最小限のステップで躱すと、その足で更に距離を詰めて、双剣をサラマンダーの皮膚に滑り込ませる。

「ギャアアァァッ!!！」

サラマンダーの巨体が痛みにのたうった後、それは巨体を生かしてちくわを踏みつぶそうとするが、彼女は軽いステップでそれも躱して、足へと斬撃を繰り返す。

サラマンダーの悲痛な声が断続的に聞こえ、その度にちくわは回避と攻撃を繰り返す。それを観察する中で、ちくわが「簡単」と言った理由がわかった気がした。

サラマンダーは動きが鈍重というか、わかりやすいのだ。

足元に立っている時は踏みつけ、遠くにいる時は炎のブレス。確かに見ていると、戦いやすい部類なように見える。

「よし、行くぞ！　モビ！」

「キュイッ！」

それがわかれば、俺も無理の無い範囲でちくわの援護ができる。彼女のように常に攻撃を加えて、常に回避をし続けるなんて芸当はできないので、攻撃動作の後、次の攻撃行動に移るまでの時間を有効に利用して、ちくちくとギルタブルルの素材を使った槍で攻撃していく。

この槍はあのサソリの素材を使っているだけあって、毒の追加効果もある。じわじわと地味ながらもモンスターの体力を削り続けられるはずだ。

「っ!!」

行動がある程度パターン化した時に、不意なサラマンダーの予備動作についていけず、よけられない状況になる。

「グオオオォッ!!」

このままでは回避が間に合わないと悟った俺は、モビの支援スキルを発動する。

「キュッ!」

モビが短く鳴くと、周囲の景色がゆっくりと流れ始め、その中で俺だけが普通に動けている状態になる。なるほどこういう感覚なのか。俺は地面を蹴ってサラマンダーの攻撃範囲から脱出し、カウンターを与えるためにASAブラストを発動させた。

「……ん?」

俺が最初に思ったのは、支援スキルの発動中は使えないのかもしれない、ということだった。だが、そうではないらしい。

いつもと違う、青白い光を纏《まと》ったモビが槍にまとわりついて、光り輝く薙刀《なぎなた》を形成する。

「っ……おおお!」

何かが違う。その感覚を持ちつつ、俺は明らかに桁違いの威力になっているであろう薙刀を、サラマンダーの胴体へ無造作に振り下ろす。

「ギャアアアアアアアッッ！！！」

　重々しい手応えと共に、サラマンダーの胴体は二つに切り裂かれ、地面を揺らして倒れる。

『うおおお!!　すげえ！』

『バージョン3のＡＳＡブラストってこんな強力なのか！』

『サラマンダーも危なげなく倒してたし、もう名実ともにダンジョンハッカー勢名乗れるよな』

「キュイキューイ！」

　それから一拍おいて、リスナーたちの賞賛が始まる。ＡＳＡブラストが解除されて、モビが喜びを表現するためか、俺の周りを走り回っていた。

「わ、初めて見たけどＡＳＡブラスト3.0すごいね……よーし、それじゃあ続いてサラマンダーの素材をチェックしよー！」

「……」

　ちくわも俺を褒めながら、嬉しそうにサラマンダーから取れた素材を確認している。

　そんな姿を見ながら俺は、自分がやった攻撃の威力にビビりまくっていた。

5　モブモビ＋マンダ

「さあ！　ドキドキドロップ確認タイムだよー！」

『逆鱗出るかな？』

『レア素材だろ、そう簡単には出ないだろ』

『ちくわちゃんドロップ運悪いからなぁ』

なんとか意識を配信に引き戻すと、ちくわがサラマンダーから採れた素材の確認をしていた。

「ボクのお目当ては逆鱗！　まあ研磨石五〇〇個集まるまでに出てくれればいいから急いではいないけど、早めに出てくれると嬉しいよねっ！」

そう言って、彼女はストレージの画面を共有する。そこにはＯＫボタンが表示してあり、ドロップ品の開封を待っているようだった。

『鱗のみと見た』

『爪と鱗だけ』

『竜種の骨二つ』

どうやらコメント欄で流れている物は、サラマンダーを倒した時に手に入る普通の素材のようだ。

なんだかんだストリーマーの不幸を願うリスナーは、それに対するリアクションが楽しかったり、配信が長くなるからという理由からコメントしているので、本気でちくわの不幸を願っているわけではない。

「はいはい、そんなこと言ってもボクは一発で当てちゃうから！」

ちくわはそう言うと、ドロップリザルトを表示させる。内容は——。

火トカゲの鱗×4
火トカゲの皮×2
火トカゲの牙×6
竜種の骨×4

「あー……駄目かぁー！」

『実家のような安心感』

『親の顔より見たドロップリザルト』

『もっと親のドロップリザルト見ろ』

『親のドロップリザルトってなんだよ』

ちくわ自身と、リスナーの反応から、コモン素材しか落ちなかったことはわかる。わかるのだが、価値の低いコモン素材だけでこれほどリスナーを沸かせられるちくわはやっぱりすごい。

「じゃ、モブ君はどうかな？」

「え、俺？」

素材なんて別に欲しくはないのだが、もしここで俺がレア素材を引けば撮れ高は稼げるかもしれない。そう思って、俺はストレージを画面共有して、ドロップリザルトを表示させた。

火トカゲの鱗×4
火トカゲの皮×4
火トカゲの牙×3
竜種の骨×4

『モブもコモンばっかりか』

『まあモブはレア運がいいってわけじゃないからな』

『レア運悪かったとしても、あれだけ狙った物だけドロップできるならめっちゃ羨ましいけどな』

どうやらリスナーの反応を見る限り、俺もコモンドロップばかりのようだ。まあそうそううまくいかないよな。

「いやあ残念残念、じゃあもう一周――」

「キューイッ!!」

ちくわがなんか不安になる言葉を言いかけた時、モビが一際大きく鳴いて、自己主張する。

『?』

『あ、そういやテイムモンスターも数は少ないけどドロップ採ってきてくれるんだっけ』

『めっちゃ便利じゃん、俺もテイムモンスター欲しいな』

リスナーの言葉に促されるように、俺はモビのステータス画面から、ドロップリザルトを表示させる。その中身は俺やちくわよりは枠が少なかった。

火トカゲの逆鱗×1
竜種の骨×4

「えっ」

ちくわが言葉を失う。それから一拍おいてから、コメントが滝のように流れ始めた。

『は？？？？？？』

『モビよくやった！！！』

『ちくわとモブは踏み台』

モビから素材を受け取り、ストレージを整理する。残り容量を見ると、結構埋まってきていた。後でオンラインストレージに入れておかないとな。

「ん？」

そう思いつつ、ちくわに逆鱗を渡そうとしたところで、ロックがかかっていることに気付く。また講習を受けたりなんなりしないといけないのだろうか。

「どうしたの？」

「いや、逆鱗をちくわに受け渡しできないから」

「あ、うん。受け渡しはできないよ」

「えっ……そうなの？」

ちくわの説明によると、アイテムには三つ分類があり、研磨石や濃厚蜜などの消耗品素材は手渡しのみで受け渡しができ、武器防具やボスモンスターの素材は換金が可能、そしてレアリティの高い素材は、換金、取引が不可能になっているらしかった。

理由とかはまあ、調べればすぐにわかるらしいので聞かないでおいたが、そうなるとちくわは自力で逆鱗とやらを手に入れないといけないわけか。

「あれ？　でもモビから逆鱗受け取ったけど」

「テイムモンスターの扱いはよくわかんない部分が結構あるし、多分モブ君とモビちゃんのストレージ共有してるんじゃないかな？」

んーそういうもんか。なんにしても、ちくわに渡せないのは残念だな。

「──よし、休憩終わりっ！」

「……休憩？」

ストレージの中でいくつか素材を整理したり、研磨石と濃厚蜜の数をチェックしたりしていると、ちくわが元気よくそんなことを言い始めた。

『おい、まさか』

『モブ体力もつの？』

『始めて数週間の奴だってこと忘れるなよ』

周囲の反応も、俺が危惧しているような内容を示唆しており、俺は顔を引きつらせる。

「じゃあ、体力尽きるまでサラマンダー討伐マラソン開始しよっか！」

「キュイキューイ！」

『体力尽きるまで遊びまわるバカ犬である』

『ああ、今回も我慢できなかったか』

『南無……モブ』

元気に宣言するちくわと、呆《あき》れつつもテンションの上がっているリスナーと、状況を理解していないのか、めっちゃ嬉しそうなモビを見て、俺は何も言うことができなかった。


―


「うーん、出ないなー……」

入る人の数だけボスとダンジョンが生成される。とはいえそれには制限がある。

無秩序に入ってダンジョンとボスの数が凄まじいことになると、人類側もダンジョンをコントロールできなくなってしまうのだ。

なので、ダンジョンには午前七時を基準として一日一回の入場制限があり、それを当日中に解除するためには、ダンジョンボスを倒すことが必要で、その制限解除も一日二回まで、つまり、一パーティで同じダンジョンに入れる回数は、最大で三回までということになっていた。

「まあ、今日はここまでだな」

『仕方ないねー』

『ちくわの物欲センサー強力すぎだろ』

『しかしモブは逆鱗出してるし、出ないわけじゃないんだろうな』

リスナーが口々に解散ムードの言葉をコメントする。もう既に日付が変わっている。このまま別ダンジョンまで行って狩り続けるのは、さすがに注意力や体力が万全ではなくなってしまう。日を改めるべきだろう。

「むぅー、悔しいっ！　次回も研磨石掘りながら逆鱗マラソンするからよろしくねー！　それじゃ！」

ちくわは悔しそうにしつつも、両手を振ってドローンのスイッチをオフにする。配信が終了になったところで、俺は深く息を吐いた。

正直、今は立っているだけでもかなりの疲れを感じている。シャツはびっしょりと汗を吸っているし、体中にダンジョンでついた土埃が皮脂《ひし》と合わさってべたべたとした感触がある。

「あー、疲れたー……三周して出ないってどういうことって感じ……」

疲れていたのは愛理も同じようで、彼女はその場にしゃがみ込むと、ため息と共にそんなことを言った。

「優斗ー、タクシー呼んで」

「はいよ」

俺は配車アプリでタクシーを手配して、身体についた埃を最大限払う。まあ乗車拒否はされないだろう。

疲れた体を引きずって、愛理と一緒にダンジョンの外に出ると、俺はクラウドストレージに素材を移動させていく。

「……あ」

エルダードライアド、ギルタブルル、サラマンダー、色々なボスモンスターを倒してきた。その素材はモンスターによって違うわけで、そう考えると保存できるスペースはすぐに満杯になってしまう。俺が採集中心ということもあり、色々と低レアリティの物から高レアリティの物までが、あまりにも雑多に、ぎゅうぎゅうに詰まってこれ以上入らなくなっていた。

「ん、優斗、どうしたの？」

「いや、ストレージが……」

愛理に見せると、彼女は少し唸ってから答えてくれる。

「あー、無料プランだもんね、とりあえず四八〇円のプランに入ったら？　ワンコインで容量四〇倍になるし」

「んー……確かに」

ここまで来て意地でも無料プランを使い続けるのもなんか変だし、柴口さんに言えば俺のも経費扱いで落としてくれるかもしれない。

俺はそう判断して、ストレージのサブスクリプションを開始する。愛理が使うのを見ていた時は無縁だと思っていたが、まさか俺も使うことになるとはな。

スマホの課金画面を通過すると、ストレージの空きが一気に広がった。これならストレージの空きを気にしてやりくりする必要は無くなりそうだった。

「あと千円出せばそれの四倍にもできるけど、コスパを考えるならそのプランが最適かなって――あ、ボクはその四倍のプランなんだけどね」

そう言って愛理がスマホからストレージ容量を表示させると、六割ほどが埋まっていた。さすがはトップストリーマーである。

「そんなにいっぱいになるんだな」

「割とすぐ満杯になるよ。優斗もボクと同じプランになるまであと何か月かな？」

あまり考えたくない未来を提示されて俺は苦笑いを返す。そこでようやくタクシーが到着した。

「えーと、今から言う住所に行ってもらっていいですか？　郵便番号は――」

この位置からは、俺の家のほうが近いので、先に回ってもらうようにした。俺たちの汚れた服装を見たら、運転手は嫌な顔するかなと思ったが、幸いなことに深夜の暗がりではっきりとは見えなかったらしく、特に何も言われずに済んだ。

席に座るとすぐに睡魔が襲ってくる。起こしてもらえるかもしれないが、ここで中途半端に寝るくらいなら、我慢して風呂入った後に盛大に寝てしまいたい。そう考えて、俺は採れた素材で作れる装備品をチェックすることにした。サラマンダーの素材で作った防具は、なかなか強力そうなので、ありがたく使わせてもらおう。

「あ、運転手さん。コンビニ寄ってもらえますか？」

「愛理？」

思わぬ寄り道に、俺は思わず彼女の顔を見る。その表情には疲れが浮かんでいたが、それと同時に楽しさのようなものもあった。

「いや、だってさ、逆鱗出ないし、疲れたし、ポテチとかお菓子買いたくなっちゃうじゃん？」

「まあ、気持ちはわかるが」

腹に手を当てて考えると、俺も小腹が空《す》いていた。何かホットスナックを買って帰ってもいいかもしれない。

「じゃ、寄ってくってことでー」

「寄るのはいいけど、買いすぎるなよ」

彼女は昔から、そこまでたくさん食べるほうではないのにお菓子やら食べ物やらを買いすぎる癖があった。それを毎回押し付けられる身にもなってほしい。

「わかってるわかってるー、えーと、ポテチとプリンとー……」

……わかってないな、こいつ。

もう突っ込むのも疲れたので、俺はぼんやりと窓の外を見ることにした。

――

コンビニでポテチとかのスナック菓子を二つほど、そのついでに飲み物も買ってからタクシーに乗り直す。俺のアパートに着いたところで、俺は料金を折半するために財布を出した。

「あ、大丈夫大丈夫、ボクも降りるから経費で請求しよ」

「……は？」

愛理の言葉に、俺は手が止まる。降りる？　なんで？

当然であるが愛理の家まではまあまあある。そりゃあ中学時代は徒歩で行き来していたが、その時はもっと近い実家で暮らしていたし、彼女の家と行き来する時は、当然ながら昼間である。真夜中過ぎのこの時間に、女性が一人で歩けるはずがない。

「優斗、どうせ明日すぐにダンジョン行くし、今日は泊めてよ」

「おまっ――」

驚いて騒ぎそうになるが、すんでのところで言葉を呑み込む。ここで騒いでしまっては、運転手に彼女の正体がバレるかもしれない。

「……わかった。そうしよう。ただし、食い散らかしたらダンジョン行く前に掃除していけよ」

一人暮らしは、自分で掃除しなければならない。仕事をしている間に誰かが勝手に、というわけにはいかないのだ。なので、今散らかされると次の休みまでずっと散らかりっぱなしになるか、働いて疲れた身体に鞭打って掃除をすることになる。それはやりたくなかった。

「おっけーおっけー、ちゃんと片づけるね」

愛理はそう言って、事務所名義のカードで支払いを終える。レシートを受け取ると、俺たちはタクシーから降りた。

俺たちは静かに階段を上り、鍵を差し込んで自分の部屋に滑り込むと、ようやく気を抜いていい空間にたどり着いたことに安心して、荷物を玄関に落として、ワンルームの部屋にコンビニで買った菓子類を放り投げる。

「あー疲れた！」

「風呂入れてくるから部屋でゆっくりしてろよ」

「……えっち」

「そういうのじゃないの、お前が一番わかってるだろ」

リスナーに聞かれたら即刻炎上しそうな会話をしてから、俺は湯船を洗って蛇口をひねる。湯加減を調節してから部屋に戻ると愛理はボディーシートで両腕や顔を拭いていた。

「化粧崩れるぞ」

「残念、いつもボクは下地に薄く塗っただけだもんね、あんま変わらないよ」

愛理がそう言って顔を上げると、少しすっきりとした顔立ちになっていた。

「ならいいけどさ」

「これからポテチとかコーラ飲むのにお化粧してられないでしょ」

そう言いながら、愛理はスナック菓子の袋を背面から開ける。そのまま皿代わりにできて、みんなで取りやすいパーティ開けというやつだ。それを床に置くと、愛理は俺に手招きをする。

「ほら、優斗も」

「ちょっと待て、割り箸取ってくる」

「手で良くない？」

「お前がコントローラー触らないなら手でもいいぞ」

うつ伏せに寝っ転がって、クッションを支えに肘を立てている姿勢は、もう完全にゲームをやる姿勢だった。

愛理は俺の言葉に「むぅ」と答えて、手を伸ばす。どうやら持ってきてくれ、という意味らしい。

俺は溜息をついて、台所から割り箸を持ってくる。愛理はそれを受け取ると同時にゲーム機のスイッチを押して、2Pコントローラーを俺に投げてよこす。

「絶対負けないから」

「この時間から格ゲーかよ、お互い疲れてるし止めとこうぜ」

「疲れてるところを狙うのは戦いの基本でしょ？」

「それは自分の体力がある時に言うセリフじゃないか？」

まあ、風呂が溜まるまで待つしかないのだ。付き合ってやるのも一興《いっきょう》か。

先日紬ちゃんを泊めた時は気を使ったが、愛理はなんだかんだ月に一回程度の頻度で俺の家に泊まっている。さすがに配信の仕事をした後、その足で俺の家に来るなんてことは今まで無かったが、お互いにとって「勝手知ったる」というやつだった。

意識しないかと言われれば、当然意識はしている。だが、俺としては自分の欲望よりも愛理の意思を尊重したいというか、一線を越えようとした時に彼女から拒絶されることが怖くて何もできずにいるわけだった。

「むぅ……一ラウンド目は取られちゃったか」

ラウンドの合間、彼女のほうを見るが、愛理はゲーム画面に夢中なようだった。完全に無防備である。その姿を見て俺は、手を伸ばそうとするが、手が彼女に触れる前に戻した。相手が信頼して背中を見せてくれている時に、そういうことをするのはフェアじゃない気がする。

「ああーっ!!?」

だが、それはそれとしてゲームで隙のある立ち回りをされれば、それを見逃すほど優しくもなかった。

「隙を見せたほうが悪いんだよっ」

画面上で、愛理の操作するキャラクターがコンボを食らって体力を七割削られていた。

「ぐぅっ……」

体力が急激に減ると、プレイが雑になるのが愛理の悪い癖だ。俺は雑にぶっぱしてきた超必を小足で潰し、そのまま押し切って二ラウンドを先取して、勝利を収める。

「負けたー!!」

「ほら、疲れてるんだからそんなうまくプレイできないって。運要素の強いすごろく系ゲームのほうがいいだろ」

「むうぅー、もう一回！」

「聞けよ」

俺の話を一切聞く気が無い彼女に苦笑しつつ、俺は再戦を受けて立つことにする。


――


時計は午前一時半を指しており、風呂上がりのいい感じの気分だったので、眠気が来るのは時間の問題だった。

「おー、上がったぞ。入るかどうかは任すけど、あんま夜更かしすんなよ」

「はーい」

明日は早番ではないとはいえ、あんまり夜更かしして翌日まで疲労を残したくはない。俺はネット対戦を楽しんでいる愛理に声を掛けて、布団に入った。

なんだかんだ、こいつは俺の家に転がり込んでくることが少なくないので、彼女専用の寝袋がテレビの裏にしまわれている。寝起きする時は、それを使ってもらうようになっていた。

俺はゲームの音が気にならないように、そして明かりが目に入らないようにアイマスクと耳栓をして眠ることにした。

疲れていたのだろう。想像以上に早く、俺は眠りへと落ちていった。


――


二時過ぎ、ネット対戦で負けが込んできたボクは、ゲームを切り上げてお風呂に入っていた。

「むぅ」

なんというか、優斗に女性として意識されていない気がする。湯船から天井を眺めながら、ボクはそんなことを考えていた。

いや、確かに幼馴染で友達みたいな、近い距離感で今まで接していたっていうのもあるけど、何度も泊まりに来てるのにボディタッチも一切無いってどういうこと？　意識して考えてみると、少し釈然としないところがあった。

膝《ひざ》を伸ばすこともできない湯船で伸びをして、考える。どうすれば彼に意識してもらえるだろうか。

「んー……」

考える。

よく考える。

とても考える。

「……思いつかないや」

深く考えても、これからの態度を変えて疎遠《そえん》になったりするのは嫌だし、ましてやダメだった時のことなど考えたくもない。

それでもボクは、焦っていなかった。この気持ちを自覚したのは数日前からだけど、これから先もゆっくりと距離を詰めていけばいい、そう思っている。

ねこまちゃんが優斗と一緒にいる、ということに、もやもやとした嫌な感覚があったのは、最初から気付いていた。そして、彼女が配信中にべたべたと優斗に触っていたことも、彼がまんざらでもなさそうなのも、いい気分はしなかった。

だけどまあ、ボクは優斗と付き合いは長いし、ねこまちゃんも今は謹慎中みたいなものだし、ゆっくり距離を詰めていけばいいだろう。

「よいしょっと」

湯船から出てボクは準備しておいたバスタオルで身体を拭いていく。その途中で自分の姿が鏡に映る。うーん、女性的な魅力が無いってわけじゃないと思うんだけどな。

そんなことを考えながら服を着て、ドライヤーで髪を乾かした後、部屋に戻る。二人で一緒に寝る時に、用意しなきゃいけない寝袋を出そうとして、ボクは奇妙な物を見つけた。

「レースの切れ端……？」

黒いレースの切れ端だった。カーテンのタッセルとかだろうか？　そう思って無視しようかと思ったけれど、ボクはそれがどうしてかとても気になって、つまみ上げてみる。

「あれ？」

レースの切れ端でも、タッセルでもなかった。それは靴下で、どこからどう見ても女性物だった。もちろんボクの靴下じゃない。ましてや優斗のじゃない。知らない人の靴下だ。誰のだろう？

ボクは疲れで回らない頭をなんとか回して候補を探す。

ダンジョンの出入りの時、他の冒険者のと混ざってしまったのだろうか？　いや、ボクとコラボする時以外はソロだろうし、それはないと思う。だとすると……誰かがこの家に来て、靴下を忘れていった？

興味本位で臭《か》いを嗅いでみると、洗濯はしていないようだった。女性物の靴下が部屋に脱ぎ散らかされている状況って……何かある？

それ以外にも、ボクが気になる所がもう一つあった。靴下のデザインだ。こういうデザインを好みそうな、ボクと優斗の共通の知り合いが一人いる。彼女は、優斗と距離を詰めていてもおかしくない。

「ねこまちゃん……？」

まさか、そんなはずはないと思いつつ、悪い想像が膨らんでいく。

異性の家で、靴下を脱ぐような用事が何かあるだろうか。少なくとも、普通の間柄ではそうそうないはずだ。そして彼女は、優斗と親しげに話していた。

「……」

渡さない。

ボクの心の中で、初めての感情が渦巻いていた。自分の心臓が焦げるようなこの感覚は、嫉妬っていうのだと直感した。

「負けないから、絶対」

優斗を問い詰める勇気は無い。だけど、ねこまちゃんに彼を取られるのは嫌だった。だから私は部屋の電気を消した後に、少しだけ優斗の隣で寝そべって、彼に私の存在を意識してもらおうと思った。

「ぐー……」

優斗は耳栓とアイマスクで情報を遮断して、完全に寝入っている。ボクは、そのアイマスクだけを取り外す。

「ふふっ、変わらないなあ」

相変わらず、安らかな寝息を立てている。ボクはその寝顔をしばらく眺めていた。

ねこまちゃんはもう彼のこんな表情を見たのだろうか？　だとしたら嫌だな……この表情はボクだけが見ていたい。

「……ふぁ」

しばらく眺めていると、急な眠気が襲ってきた。そろそろ寝なきゃ——あ、でも寝袋出すの忘れてた。

「……」

じゃあ、このままでもいいか。ボクは眠気で回らない頭でそう考えると、優斗の布団の中へもぐりこんでいった。


――


意識の遠くで、携帯のアラームが鳴っている。耳栓越しでも聞こえるように、音量を最大にしておいて良かった。寝ている間にアイマスクは外れたようで、窓から差し込む光が眩《まぶ》しい。

「ん……」

昨日は疲れていたが、目が覚める時間はそこまで遅くならなかったようだ。カーテンの隙間から見える太陽は、まだ東の空にある。

……さて、愛理はもう目を覚ましてダンジョンに行ってるかな？　そう思いつつ身体を起こそうとすると何やら身体に重い物がひっついていた。

「なんだ？」

「んぅ……えへへぇ……」

愛理が俺に抱き付いて眠っていた。

……え？　どういうこと？　思考が止まる。いやいや、そんなことをしている筈がない、俺は昨晩の流れを急いで思い出すことにした。

俺が寝る時は、愛理はゲームをしていた。そして俺は愛理が風呂に行ったあたりからは完全に記憶がない。ということは、多分一線は越えてない。まずそこは安心してよさそうだ。

とりあえず冷静になるため、耳栓を外してスマホのアラームを止める。時間を見ると十時前、昼からのバイトには十分間に合いそうだ。

「おい愛理、起きろ」

「え……朝？」

肩を揺すって起こすと彼女はことの重大さを理解していない表情でだらしない返事をした。

「なんで一緒のベッドで寝てるんだよ」

「眠かったから……」

眠いからって、それは理由にならないだろ。俺は溜息をついて、愛理の身体を離してから起き上がる。

寝袋はテレビの裏で、ゲーム機のコントローラーもそこら辺に転がっている。そしてスナック菓子は食い散らかしたまま。なんとなく状況が見えてきた。

つまり、彼女はゲームの負けが込んで投げ出すと、風呂に入り、その後寝袋を用意するのも面倒で俺の布団にもぐりこんできたというわけだ。

「……？　どしたの？」

「あのな愛理、お前は意識してないのかもしれないけど、俺とお前はいい歳《とし》した異性なんだから、こういうことは止めておかないとダメだぞ」

寝起きで下半身が元気なのも含めて、色々とこの状況は危険だった。

「ふーん、ねこまちゃんはいいの？」

「ぶふぉっ!?」

紬ちゃんの名前を出されて、俺は思わず吹き出した。一気に頭が覚醒する。

「い、いや、なんで紬ちゃんのこと――」

言いかけたところで、近々返そうと思っていた彼女の靴下を突き付けられる。あ……そういえば鞄《かばん》の中に入れとくとか、隠しておくとかしてなかったな。

「紬ちゃん!?　優斗そんないつから名前で呼び合うようになったの!?」

「いや、待て、話を聞け。多分お前が考えてるようなことは起きてない。柴口さんに聞けばわかる」

なんとか落ち着かせるように、俺は愛理に説明をする。

配信を終えた後、終電間際の紬ちゃんを保護したこと、そして彼女を俺の家で保護し、柴口さんに連絡したうえで夕飯と風呂を提供したこと、その後で柴口さんが俺の家まで来て、彼女を保護して帰ったこと。それらを当時のやり取りをメッセージを見せながら行う。

「な、そういう訳だから、多分その時に忘れていったんだと思う」

「なるほどねー……」

まだいまいち納得しきれていないようだったが、なんとか愛理は信じてくれるようだった。

「まあ、なんにしても、俺が燃えたら愛理も大変だろ。これから先は気を付けるから、それで勘弁してくれないか？」

「うん、それでいいよ。ボクも泊まってるしね」

そんなことを言いつつ、愛理は俺に身体を預ける。その瞬間また心臓が激しく跳ねる。

「ちょっ……お前……！」

「えー、いいじゃん。まさか、優斗はボクのこと嫌いじゃないよね？」

そう言いながら、彼女は俺に顔を近づけてくる。大きく透き通るような瞳を向けられて目を伏せるが、その先にあるのはパジャマの隙間から覗く胸の谷間で、俺は余計に心を乱されてしまう。

「いや、まあ……好きだけど」

もう、そうなってしまうと抵抗は無理だった。

彼女を見ないように、消え入るような声で、小さく自分の本心を口にすると、彼女の動きが止まる。

「……」

そのまましばらく静止する。時間にすれば数秒だったと思うのだが、俺にとってその時間はいやに長く感じられた。

「ふ、ふふーん！　そうでしょ、ボクはみんなから好かれる大人気ストリーマーだからねっ！」

「あ、ああ、そうだな」

愛理は身体を離してピースサインをする。幸いなことに彼女は「好き」をそう取ってくれたようだった。

……いや、あるいは、俺の気持ちをわかったうえで、気持ちを受け入れられないからこその返しなのかもしれない。どちらかはわからないし、確認する勇気も無かった。

「よし、じゃあ昨日の片づけをするか」

「朝ごはんは?」

「悪いけど買い置きはねえ。片づけ終わったら昼飯と一緒に食っちまうか」

「うぃー」

二人で予定を確認すると、俺たちは各々動き始めた。

顔を洗ったりトイレに行ったり、そして昨夜楽しんだゲーム機を片づけ、スナック菓子の空き袋をまとめてゴミ袋に入れる。

「いやー昨日さあ、全然勝てなくて」

「言っただろ、疲れてる時にやってもいい結果は得られないって」

適当な話をしつつも、俺はさっきのことが気になっていた。間違いなく立場上、愛理は恋愛ができない。そして俺がチャンネルにゲストとして顔出ししてしまった以上「一般男性と交際中」みたいな比較的軟着陸で済ませることもできない。俺のほうも俺のほうで、チャンネルという社会的な居場所を作ってしまったため、絶対に恋愛ができないということになる。

寝ぼけて口に出してしまった言葉だったが、愛理はそこまで見越してあの返しをしたというわけか……。

「ん？　どうしたの優斗」

「いや、お前ってすげえなって」

「当然でしょー？　ボクは大人気猛犬系ストリーマー犬飼ちくわちゃんだよー？」

ははは、世間体的にも、実力的にも、俺の恋は実りそうにないな。


――


「おっ、ちくわちゃんソロでサラマンダー討伐する配信やってるじゃん」

休憩時間、山中が店のWi-Fiを使ってちくわの配信を見ていた。

「お前……どんだけちくわ大好きなんだよ」

「えー、だっていつもは週末をメインに配信してるちくわちゃんが平日に、しかも裏作業に近い配信してるんですよ、どんなのか気になるじゃないですか」

「アーカイブ残るだろ、それに今見ても配信の一部しか見れないし……」

「わかってないですねー篠崎さん！　リアルタイムがいいんですよ」

どうやら「今」見るのが重要らしい。俺は山中に「そ、そうか」とだけ返して、自分のスマホに目を落とす。
昨日のサラマンダー周回で、かなり素材が集まっていたし、レア素材である逆鱗も手に入れられたので、装備を更新できそうだった。

――装備品
武器：ヴェノムスティング
頭：フレイムヘルム
胴：フレイムメイル
腕：フレイムガントレット
腰：アイアンベルト
足：フレイムレガース

――スキル
槍マスタリーLv6
魔法マスタリーLv1
属性マスタリーLv2（火・回復）
回避マスタリーLv4

テイミング適性Lv★

フレイムと名前が付いている物がサラマンダー素材で作った装備品で、腰だけが火トカゲの皮が三つほど足りずに製造できない状態だった。

武器も「ファイアトライデント」という物が作れたので、製造してストレージに保管しておいた。四〇倍になったクラウドストレージは、お金を払っているだけあって快適にデータ通信をしてくれている。

槍と回避のマスタリーも一つレベルが上昇しており、もしかするとソロでサラマンダーくらいなら戦えるかもしれない、という気持ちも湧いてきていた。

あ、そうだ。サラマンダーなら一人で倒せるってことは、余ってる素材はいくつか換金してもいいかもしれない。

換金できる素材は、一部のレア素材以外となっていて、それはレアな素材はエネルギーを大量に蓄えているものの、ゾハルエネルギーを安定状態で抽出することができないかららしい。

なので、ボスモンスターから採れるコモン素材が換金の限界だということだ。先日気になったので調べたらそんなことが書いてあった。

また、研磨石とか濃厚蜜はレアリティが低いものの、直接の手渡しでしか取引できないのは、ネットワーク間での取引に問題があり、解禁すると帯域を全て食いつぶしてしまうらしい。ただ、そうなるとクラウドストレージはいいのかって話なんだが、どうもそれだけは特殊な通信技術を使っているらしく、なんとかなっているらしい。詳しいことはわからないが、まあ俺は素人だし、そういうことで納得しておくことにした。

「それにしても、昨日に続いて合計六回もサラマンダー倒すなんて、ちくわちゃんは努力家ですよね」

「ん、ああ……昔から根は真面目で努力家だったからな、あいつ」

「うわ、幼馴染マウントですか？」

「そういう訳じゃ――……いや、幼馴染マウントだな」

否定しようとしたが、否定しようがなくて認めてしまった。

「ハハッ、せめて否定するポーズくらいは取ってくださいよ。でも応援する気持ちは負けませんから！」

「俺も負ける気は無いよ」

なんせ何年も支えてきたんだ。そこら辺のファンよりもずっと応援している。心の中でそんなことを考えながら、俺は休憩を終えて仕事に戻った。

「ふぅ」

「キュッ！」

『すげえ、遂にボスモンスターをソロ討伐だな！』

『ここまでストイックな配信だと信頼感あるよな』

『なんかクソダサいごついARデバイスもカッコよく見えてくるわ』

俺の前には、動かなくなったサラマンダーが倒れていた。ASAブラストによって致命傷を与えたため、ほどなくして素材の採集が行われるはずである。

しかし、意外となんとかなるものである。

研磨石の収集ついでに挑戦してみた形だが、常に俺を狙って攻撃が行われるため、ちくわと一緒に戦うよりも戦いやすかったかもしれないくらいだった。

「……ん？」

仮面の下、AR表示される情報に、見慣れない――いや、見たことがある情報が表示される。

名称：サラマンダー
状態：瀕死
採取可能素材（死亡時）：火トカゲの鱗、火トカゲの皮、竜種の骨、他
テイミング：可

「うわっ⁉」

　まさか、生きている間にまたこの表示を見るとは全く思っていなかった。

『え、ボステイム？』

『ボスモンスターってテイムできんの？』

『ていうか二体目とか前代未聞だろ。ヤバくね』

　AR情報を配信画面に表示していたので、リスナーたちには隠すことができなかった。今配信を切ったところで、彼らはすぐに拡散をするだろう。

「……」

　俺は諦めて、テイミングボタンをタップする。ここでテイムしないことを選べば、炎上してしまう。それを避けるには、これを撮れ高として利用するしかなかった。

「まさか、テイムできるとは思わなかった。配信終わる」

『え、ちょっと！』

『見たい見たい！』

『終わらないで！』

　リスナーの希望を無視して配信を終わる。さて、どうしようか。

「グゥオ？」

　俺の目の前には五〇メートルはありそうなサラマンダーが、邪気の無い顔でこちらを見つめていた。

そうだな……名前はサラマンダーから取って「マンダ」にしておこうか。

「よ、よろしくな、マンダ」

「グオォッ」

どうもよろしくしてくれるらしい。


―

名称：マンダ
種族：サラマンダーLv1
力：10
知：9
体：12
速：4
スキル：火炎ブレス

自室でマンダのステータスを確認すると、初期状態のモビと比べればかなり高いステータスを持っていた。

中でも体のステータスが高く、モビの性質も含めて考えると、体が伸びる代わりに速のステータスの伸びが今ひとつになるようだ。

「キュ？」

講習を受けたので、今はペット代わりにモビを外に出している。他人に見られるとマズいことになるが、そうそう見られることはないし、そもそもまさか隣にテイムモンスターがいるとは思わないだろう。突然の来客も、テイムモンスターのストレージ化はすぐにできて、モビ自体も小さいので大丈夫だろう。

モビは大丈夫だが、マンダは出すだけでも大事件になる。特にこんな首都圏の住宅街では、物を壊さずに出すことすらできない。使い勝手はモビのほうが圧倒的に取り回ししやすい。

だが、マンダはボスモンスターである。成長曲線がなだらかになったモビはある程度放置して、こちらの強化に専念するべき、というのがゲーマー的な判断だろう。
3.0まで育てたモビと比べれば、合計値ではまだモビのほうが上で、体のステータスはマンダが二倍くらい差をつけて大きいものの、速の値は五分の一程度しか無かった。
だが、3.0になるまでで、ステータスはモビの場合は48ポイント上がっているのだ。うまいこと育てることができれば、マンダはかなり強くなるはず。

「モビ、戻すぞ」

「キュイッ！」

　ストレージ内にモビを格納して、俺はスマホで動画サイトとストリーマーのファンコミュニティを巡回することにする。

【配信切り抜き】前代未聞の二体目テイムの瞬間【モブ・モビ】

【ボスモンスター】サラマンダーテイムの確率っていくつ？【解説動画】

【徹底考察】モブの正体について【最新版】

「……」

　動画サイトのおすすめは、俺がダンジョン配信関係ばかり見ているということもあるが、見事に俺の話題一色だった。ここまで来ると特定されるのも時間の問題という気がしてくるが、幸いなことにまだ俺に迫るような情報は、全く出てきていなかった。

　当面は変わらない生活ができることに安心しつつ、ファンコミュニティのほうも巡回する。

「サラマンダーって一応倒しやすいけどボスモンスターだろ、テイムできんの？」

「一応テイミングシステム上は『モンスター』としか書かれていない。ボスモンスターに関する制限は無いみたいだ……ってかこれ何回話すんだよ、ピン留めしとけよ」

「ちくわちゃん九回目でようやく逆鱗取得だって。物欲センサーめっちゃ働いてた」

　深河プロダクションを中心に話すチャンネルでは昨日の配信がずっと話題になっていたようで、その合間にちくわの戦果が報告されていた。

「ちょっといいですかね？　珠捏ねこまちゃんの休止宣言なんですけど、続報聞いてる人います？」

俺はちくわの戦果報告に加えて、ねこまの話題を投下することで、俺の話題を流そうとしてみる。

「あーモブとちくわちゃんのコラボ楽しみだな」

「ん、ねこま？　……あー、なんも聞いてないけど、事務所側が大丈夫だって判断したら復帰って言ってたよな」

「ていうか今はちくモブでしょ、昔から助手してたって言ってたし、カップリングも捗《はかど》るよね」

俺の話題提供は数度の返信で終わってしまい、その後は延々と俺の話とちくわの話が展開されていた。これは……間違いなく俺に注目が集まっている。次回配信をするのが怖いな。

チャンネル登録数とか、リスナーの数というのは、応援してくれる人の数ではなく銃口の数。

ネットの炎上をいくつも見てきた俺は、その言葉を全くその通りだと思っていた。

「ちくモブって……カプ厨うぜぇ、二次創作の概念リアルに持ってくんなよ」

「まあまあ、でも案外あの二人デキてたりすんのかな」

「そんなわけないだろちくわは俺ら飼い主が大事だからそういうことはしないはずだし、そもそもずっと応援してきてスパコメしてる俺を差し置いてよくわからん男に靡くとか許せないよ」

「めっちゃ顔真っ赤にして言ってそう。ユニコーンきっしょ」

もうこのチャットに俺が入れる余地は無くなってしまった。こういうファンは絶対にいるわけで、やはりある程度の距離を保って配信をしなきゃいけないよな。

「てかねこまちゃんもじゃない？　一回しかコラボしてなかったけど、あの態度は完全に狙ってたでしょ」

「つまりモブはヤリチンってこと？　ちくわに別れるように伝えなきゃ」

「落ち着けよ、つーかなんなんだよお前さっきから」

「まーちくわちゃんもねこまちゃんも女だし、イケメン出てきたら態度も変わるでしょ」

どうしよう。俺がヤリチンだったりちくわとねこまから好意を向けられているのでは？　とか言われてる。

「まあ、なんにせよこれから先のちくわちゃんに注目ってことだよな！」

「そーだな、あとモブ」

「モブはいいんじゃね？　撮れ高あるイベントは全部ちくわとコラボでやるみたいだし……あ、でもサラマンダーテイムはソロでやってる時だったな」

注目をなんとかちくわに向けようと頑張ったが、それもどうやら無理なようだった。俺は溜息をつき、スマホのホームボタンを押す。

6　珠捏ねこま復活への道のり

『まさかテイムできると思わなかった。配信を終わる』

その言葉を最後に、アーカイブは終了する。

これが配信されてから、ダンジョンストリーマー界隈では、モブさんの話でもちきりで、私の話なんて欠片《かけら》も無くなっていた。

忘れられたくない。せっかく得られた居場所を失《な》くしたくない。そう思うけれど、マネージャーからは未《いま》だに配信の許可は無い。

「紬ー、ごはんが出来たからおりてきなさい」

ママが大きな声で私を呼ぶ。このまま無視していると部屋にまで入ってくるので、私はさっさとごはんを済ませるために部屋を出た。

「……」

「うん、今日は早いのね」

満足げなママの表情を見ないようにして、いつもの席に座る。私が配信を休止してから、ママはすごく機嫌がいい。

「あんなストリーマーなんてことをしてたら仕方ないわよね。あんなことは止めて、まともな仕事を探しましょうね」

「……」

怒られたくないので、適当に頷いてやり過ごす。その時、玄関のドアが勢いよく開いた。

「ただいまー……って、紬？　珍しいな」

「隼人、仕事は？」

「今日は残業なし、金曜だろ」

お兄ちゃんが帰ってきた。私は二人の顔を見ないように、下を向いていた。

三人での食事は嫌いだ。私もママも、お兄ちゃんも一言も発さずに食事を続けている。

「なあ、紬」

唐突に、お兄ちゃんが私に話しかけてきた。

「早く謹慎解けるといいな」

「……」

私は声を出さずに小さく頷く。本当に、早く配信を再開したかったのは本当だし、できるなら今すぐにでもダンジョンに飛んでいきたかった。

「何言ってるのよ。あんな危ないこと、止めたほうがいいに決まってるじゃない」

だけどお母さんが口を挟む。いつもこんな調子で、私の家族は喧嘩が絶えなかった。

「本人がやるって言ってんだから、それを応援するのが親じゃねえのかよ？」

「死のうとする娘を止めない親なんていないでしょ!?」

「……」

嫌だな。私がダンジョンストリーマーなんかしてるからこんな話になるんだろうか。そんな気がしてしまうほど、その場は嫌な雰囲気が漂っていた。

「紬も隼人みたいに、まともな仕事をしてほしいだけなのよ！」

「俺だってできるならアニメーターとかイラストレーターになりたかったよ！　でも生活があるから諦めた！　紬にまで同じことさせたくないんだよ！」

私のそんな気持ちをよそに、ママとお兄ちゃんは言い争っている。

「……もう、いいよ」

私が、ダンジョンストリーマーをやらなければ、こんな話は終わるはずだ。そう思った。

「私がストリーマーをやらなければ、いいんでしょ？」

私のため、なんて言ってやりたいことをさせてくれないママも、夢を勝手に押し付けるお兄ちゃんも嫌だった。

「紬！」

「戻りなさい！」

呼び止める二人を無視して、私は部屋に避難して、扉が開かないように簞笥《たんす》を動かす。

「……」

ドンドンという扉を叩く音や、ママたちの声から逃れるために、私は布団を深く被った。

「紬ちゃんが？」

「ええ、最近はちょっとふさぎ込んでるみたいで……ご家族からも相談を受けててね」

マンダをテイムしてしまった件で、愛理と一緒に柴口さんの所へ向かうと、話し合いが終わったタイミングで紬ちゃんのことを相談された。

「原因は何か心当たりがあるんですか？」

愛理が身を乗り出して聞くと、柴口さんは手元のタブレットを触りながら答える。

「まあ、間違いなく配信休止が原因なんだけど……」

じゃあ配信活動再開させましょうっていうわけにはいかない。それは俺もよくわかっていた。

「それで……俺たちになんかできることありますかね？」

家族の中でも孤立しているなら、他人の俺たちが何かをできる状況にないと思うのだが、柴口さんはそうは思っていないようだった。

「モブ君はねこまちゃんが懐いてるし、ちくわちゃんは炎上回避の立ち回りがうまいでしょ？　なんとかメンタルをいたわりつつ、教えてあげられないかなって」

「うーん……」

懐かれてるとか、そういうアドバンテージはあるだろうけど、俺はメンタルケアとかそういうのは完全に素人だぞ。安請《う》け合いしていいのか？　でも、落ち込んでるらしい紬ちゃんは確かに気になる。最後の別れ際も、とりあえず地の底にあったメンタルをちょっと浮かせただけみたいなところあるし。

「わかりました。行きます」

「愛理？」

俺があれこれ悩んでいると、愛理がはっきりとそう答えた。

「ありがとうちくわちゃん！　助かるわ」

「おい、愛理……俺たちが行ってどうにかできるのか？」

柴口さんの嬉しそうな反応を見つつ、俺は愛理に詰め寄る。中途半端にかかわるくらいなら、最初から距離を取ったほうがお互い傷つかなくて済むはずだった。

「んー、実はそんなに自信は無いんだけど、でも――」

「？」

一瞬言い淀《よど》んだ愛理だったが、俺の顔をじっと見た後に言葉を続けた。

「優斗はできるかわからなくても、私を助けてくれるでしょ？」

「……まあ、そうだな」

さすがに「空を自由に飛びたいな」とか言われたら考えるが、俺が愛理を手伝う時はできるできないじゃなくて、やるにはどうするかを考えていた。

「わかった。どこまでできるかわからないけど、俺もついていくよ」

愛理はそれと同じ考えで、彼女を助けたいと思っているということだ。だったら俺は、愛理に見限られないためにも紬ちゃんの手助けをするべきだろう。

―――

深河プロの社屋から紬ちゃんの家までは、そこまで遠くはなかった。俺たちはその紬ちゃんの家に行く予定だったが……。

「今の時間だと、ご両親もお兄さんも仕事に出ているはずだから、ねこまちゃんは家に一人のはずよ」

「三人で家に押しかけるって、なんか圧迫感ないか？」

「じゃあ近場のファミレスかどこかに出てきてもらおうよ」

という三人の会話により、彼女の最寄り駅に近い喫茶店で集まることになった。

ふさぎ込んでいる彼女がそれに応じてくれるかは不安だったが、メッセージの返信に「わかった」と書いてあったので、俺たちは深く息を吐いた。

「……」

俺たちが到着すると、既に紬ちゃんはテーブルでフラペチーノを半分ほど飲んでいた。どうやら連絡を入れてからすぐに来てくれていたらしい。

「お待たせ」

俺もカウンターで抹茶ラテを買い、愛理と柴口さんも各々の飲みたい物を買って席に着く。

「遅いよ」

「ごめんごめん、こんなにすぐに来るなんて思わなかったからさ」

頬を膨らませる紬ちゃんをいなしつつ、俺は抹茶ラテを啜った。甘さの中にお茶特有の風味があって、俺はその匂いが好きだ。

「ねこまちゃん、早速だけど――」

「あ、マネージャー、私引退することにしたから」

話をしかけた柴口さんが、その言葉を聞いて弾かれたように立ち上がって、紬ちゃんに覆いかぶさった。

「なんで!? ダメよねこまちゃん！ そんなこと言っちゃ！」

「柴口さん……落ち着いて」

愛理が柴口さんを引きはがす。俺もいきなりのことで驚いてしまった。一体どういうつもりなのだろうか。

「俺にも聞かせてくれ、紬ちゃん」

「……」

彼女は答えない。じっとうつむいたままだ。

「配信が嫌になったわけじゃないんだろ？」

「……ん」

小さく頷く。彼女の気持ちは変わっていないことに安堵した。

しかし、だとすればなぜ辞めると言い出したのか、それを俺は考える。

事務所からの配信禁止令がきっかけにはなっているだろうが、それが理由ではないことはわかる。

なぜなら、事務所からの配信禁止だ。だから、事務所を抜けてしまえば配信はできる。アカウントを転生したところで、彼女自身についているファンはいるだろうから、変わらず配信は続けることができるはずだ。

そして、炎上が怖くなったわけでもないだろう。今まで、珠捏ねこまは相当な回数の炎上を経験している。ならば、炎上に対する恐怖を持っているなら外を出歩くことは怖くてできない……と、思う。

「ねこまちゃん。じゃあどうして？」

「……」

「家族、か？」

俺がたどり着いた答えに、紬ちゃんはまた小さく頷く。

家族に反対されている、といったところだろうか。まあ、あれだけ問題行動ばかり起こしていたら、そりゃ反対もされるか。

「まさか、まだお母さん納得してないの⁉」

「柴口さん？」

事情を知っていそうなので、詳しい説明をしてもらうことにした。

紬ちゃんは母子家庭で、彼女の母親は「珠捏ねこま」の活動に当初から否定的だった。そして、彼女の兄が味方する形で、ストリーマーとして活動するようになったのだそうだ。

「ああもう！　また振り出しからなんて！」

「愛理、柴口さん引き離して」

「はーい」

俺は愛理にそう言って、騒ぎ続ける柴口さんを遠くへ追いやった。多分、これは俺たちだけで冷静に話したほうがよさそうだ。

「……紬ちゃん。好きなことを諦める必要はないよ」

「でも、ママもマネージャーもダメって言うし……あ、優斗さんが応援してくれるならまだ頑張れるかも」

「配信が好きなんだろ。じゃあ、それだけでいいし、みんなそれを応援することはできるんだ……だけど、紬ちゃん本人が『やりたい』と強く意思表示しなければ、全力で応援することはできない。どこまで行っても『多分紬ちゃんのためになるだろう』っていうことしかできない」

きっと、最初に出会った頃や、配信中の彼女は本当の彼女ではないように感じた。自分勝手で、他人のことを考えない「珠捏ねこま」なら、親が何かを言ったところで、気にしないはずだった。

今目の前にいる、内気で自己表現が未熟な「猫島紬」が本当の彼女だからこそ、そうすることができないのだ。

「君自身の言葉で、もう一度お母さんと話してみてくれ。きっと、それだけでも変わるはずだ」

なんとか、言葉を選びつつ、俺は紬ちゃんに話しかける。

「でも……変わらなかったら？」

「俺が紬ちゃんの家に乗り込んで紬ちゃん、俺、紬ちゃんのお兄さんの三人で説得する」

もしかしたら柴口さんも加わって四人になるかもな、と付け足すと、ようやく紬ちゃんは笑みをこぼした。

「ふふふっ、うるさそう」

「ああ、ダメでもなんとかするから、とりあえずぶつかってこい」

俺は拳をつよく握って、紬ちゃんを勇気づけた。


―――


「結局、優斗が全部やっちゃったじゃない」

「楽でよかったろ？」

帰りの電車、柴口さんと別れた後に俺と愛理は座席に座って話していた。時間的にはもうすぐ帰宅ラッシュが始まる時間なので、タイミングが良かったな。

「それはそうなんだけど……ズルいなぁ」

「まあまあ、たまには華持たせてくれよ」

「そういうことじゃなくて、猫島ちゃんが――」

「紬ちゃんが？」

ズルい、とはどういう意味だろう。少なくとも、紬ちゃんと違って愛理にはストリーマーをする障害なんて無いはずだけど。

「な、なんでもないっ！」

「え？」

よくわからない言動をする愛理に、俺は首をかしげた。


――


今回の配信は、事務所側からのバックアップもあり、かなり大々的に広報が行われた。

まあちょっと考えれば、人気トップのストリーマーと、テイムボスモンスターという前代未聞の撮れ高があるのだ。深河プロもやる気になるというものだろう。

「飼い主殿のみんなー！　猛犬系ストリーマーの犬飼ちくわだよー！」

「モブとモビです」

「キューイッ!!」

『おはチワワ』

『タイトル見たけど名前マンダにしたんだ。相変わらずネーミングセンス最悪だな』

『今日はお披露目だけ？』

いつもと同じように挨拶をすると、前回よりも随分増えたリスナーたちが、様々な反応をする。

事務所からの広報バックアップがあるとはいえ、この数は少し尻込みしてしまう。

「うんうん、みんな気になってるみたいだね。じゃあ早速ボクの装備強化からしていこうか！」

そう言って、ちくわは端末を持った手を振り上げて、画面共有させる。ちくわの装備強化画面には、強化前のドラゴンデストロイヤーと、五〇〇個の研磨石、そして火トカゲの逆鱗がはっきりと表示され、強化可能であることを示していた。

「いやあ、ここまで集めるのは大変だったよね」

『逆鱗耐久配信……』

『まさか三日もかかるとは思わなかったな』

『それでも、遺物双剣の最高強化まで見れるなら安いもの……』

どうやら俺の知らない所で大変な苦労があったようで、ちくわのリスナーはしみじみとコメントを書いていた。

「では……強化！」

高らかに宣言して、ちくわは強化ボタンをタップする。

表示されている錆のある双剣がさらに研磨されていき、最後に逆鱗が加わって、今度こそ完全に錆の無い、完璧な形の双剣が出来上がった。

「やったあああ！　ようやく最終強化完了！」

『おめでとう！』

『頑張ってたの八割くらいモブだけどな』

『あいつの素材採集効率マジでやべぇよな』

ちくわをねぎらう言葉を聞きつつ、俺は自分の端末からマンダを出す準備をする。マンダはあまりにも大きいので、ダンジョン以外では出せない。というかダンジョンでも出す場所を選ばないといけないのだが、幸い入り口辺りは十分な広さがあり、問題なく出てこれそうだった。

「じゃあ次は、モブ君から！」

『おお、遂にボス分類のテイムモンスターが！』

『見たい見たい』

『しかし二体目テイムに加えてボスモンスターをテイムとか、どれだけ運がいいんだよこいつ』

ちくわが促すと、リスナーたちの興味は一気に俺に移る。この感覚はずっと慣れないな、俺はそんなことを考えて、ストレージから出す準備を終えた。

「じゃあ、出します」

俺はボタンをタップして、マンダをストレージから出す。

「グゥオオッ」

紅《あか》い鱗を輝かせて、全長五〇メートル近いオオトカゲ——マンダが人懐っこそうな目でこちらを見つめている。

『うお、でっか……』

『溜めとかそういうのないのかよw』

『芝居がかったりしないところがモブのいいところだよな』

炎上をしない程度に、ちくわの「人気が出る振る舞い」の逆をして、人気が出ないように振舞っているつもりなのだが、これはこれで人気が出てしまうらしい。セルフプロデュースというものは、やはり難しい。

「うーん……大きくて強そうなのはいいんだけど、これじゃダンジョン移動しづらいよね」

『まあ、確かにボス系って部屋から出てこないしな』

『でも出せる所なら結構活躍してくれそうじゃない？』

『使い勝手のモビ、決戦兵器のマンダ……って感じ？』

ちくわとリスナーの評価を一通り聞いてから、俺はマンダをストレージに戻す。実際の強さは、ボスと戦う時によくわかるだろう。

『そういえば、配信の告知に書いてあったやつ、早々に終わっちゃったけど今日はボス倒して終わりなの？』

リスナーの一人がそんなことをコメントする。

「ふふふ、まさか！　ボクがその程度で終わるわけないじゃん！　ボス討伐はするけど、二人だけでやるわけじゃないよ！　……という訳でサプライズゲスト！」

ちくわがそのコメントに反応して、勿体《もったい》付けた調子でゲストのお膳立てをすると、ダンジョンの入り口が開いて、ゲストが入ってくる。

「おはよう人間！　化け猫ストリーマーの珠捏ねこまでーす！」

『え、ちょ』

『ねこまちゃん!?』

『謹慎中じゃないの!?』

現れたのは、深河プロダクションのトップストリーマー・珠捏ねこまだった。

「あ、謹慎してたけど、今日から戻っていいってマネージャーさんにオッケー貰ったんだ。復帰配信はまた今度やるから、その時もよろしくねー」

彼女は休止前と同じように、リスナーに対して説明をする。

『謹慎はなんだったの？』

『寂しかったよ、ねこまちゃん』

『良かった……』

「うん、私もみんなと会えなくて寂しかったけど、もう大丈夫だから！」

ねこまはリスナーのコメントに丁寧な反応を返しつつ、笑顔を見せている。俺はＡＲデバイスで

SNSのトレンドを見ると「復帰」とか「珠捏ねこま」が急上昇でトレンドに入っていた。

ねこまの言う通りだな。俺はそう思いつつ、配信開始前までのやり取りを思い出していた。


――


いつも夕飯を食べるテーブルの席に着いて、私は呼吸を整える。何回目かはわからないけど、深く吸って、深く吐く。部屋の照明はどこも切れていないのに、不思議といつもより暗く感じる。私は心から湧き上がる不安を、なんとか吐き出す息に乗せて身体の外へ出そうとしていた。

今やろうとしていることは、人生で初めてのことかもしれない。思えば、やってほしいことは大体全部、周りが察して動いてくれていたような気もするし、ママと正面切って会話するのも、何年振りかわからなかった。

『二人とも、リスナーを楽しませるためにできることをやってるんだ。馬鹿にするな』

優斗さんの切り抜きを見直して、勇気を貰う。私はできることをやってきた。そしてできることしかやってこなかった。

ストリーマーとしてやっていきたかったけど、説得できないような気がして、マネージャーに交渉を任せた。チャンネルが炎上しても、許してもらえないかもしれないから、謝るのは事務所に任せた。だから、私にはなんの責任も無いって思いこんでいた。ただ、好きなことだけをやっていればいいと思っていた。

そんな私にとって、あの言葉は救いだった。だけど、それだけじゃダメだって気付いた。好きなこと、やりたいことをするためには、できないかもしれないこと、嫌なこともしなきゃいけないんだ。

――でも……変わらなかったら？

――俺が紬ちゃんの家に乗り込んで紬ちゃん、俺、紬ちゃんのお兄さんの三人で説得する。

お母さんの説得ができないかもしれない。そんな不安に覆いかぶさられそうになった時、優斗さんが言ってくれた言葉は、私の中で未だに反響を続けている。

もしダメでも、助けてくれる人がいる。私が諦めなければ、支えてくれる人がいる。そう思うと、私の胸にある重くドロッとした感覚が、薄れていくのを感じた。

「ただいまー」

玄関のほうから声がして、ママが帰ってきたことがわかる。私はスマホをしまって、ママが来るのを待った。

「お、おかえり……あ、あの……」

部屋に入ってきたところで、私はママに声を掛ける。

「あら、珍しいわね、紬がこの時間にリビングにいるの」

ママは買い物袋を台所に置くと、私に笑いかけてくれる。良かった、今日は機嫌が悪くないみたいだ。

「えっと、お願いがあって」

「何かしら？」

本当に言っていいのか、私の中にそんな疑問が浮かぶと、唐突に喉が詰まったように、声が出なくなってしまった。

「あ……その……」

ストリーマーを続けたい、そう言うだけなのに、私の喉は固まってしまったかのように動かない。

痛いほどの沈黙が続く。自分が「やりたい」って言うだけなのに、こんなに勇気が必要だなんて思いもしなかった。

「ふぅ、話なら後で聞くから、まずはごはん作るわね」

「ま、待って！」

ママが夕飯の準備にとりかかろうとしたところで、私は引き留める。

「……わ、私、ストリーマーやりたい。心配させちゃうけど、でも、私は配信が大好きだから」

引き留めた時に出た言葉でつかえが取れたように、そのまま私の言いたいことまで全て言い切ってしまった。

また沈黙が訪れる。

どうしよう。ママはどう思ってるんだろう。駄目かもしれないことをするのって、こんなに大変だったんだ。

　でも、私はこの気持ちを押し通すつもりでいた。なぜなら、私がしたいから。そう、配信は私ができることじゃなくて、私がしたいことだから、そうしなきゃいけない。

「はぁー……」

　溜息が聞こえる。怒られるような気がして、私は首を引っ込めた。

「ストリーマーやりたいって、もうあなたやってるじゃない」

「あ、え、そ、そういうことじゃなくて――」

　呆れたようなママの言葉に、私の言いたいことが、私の中だけで空回っていたのに気付く。

「わかってるわよ、昨日はあなたが『楽に稼げそうだから』とかそういう理由でやってそうだったから、不安になっただけ……その言葉を聞けて安心したわ。ごめんなさいね」

　言葉を続ける前に、見通されてしまった。私はまた首を引っ込める。その理由は、恐れではなく気恥ずかしさだった。

「隼人《はやと》も――」

「……？」

　ママがキッチンに向かいながら、小さく呟いた。

「もしかしたら、そうだったのかもしれないわね」

　その言葉の中にある後悔のような、自嘲《じちょう》のような感情は、私には理解できなかった。

「ねこまちゃん」

「はーい。マネージャー。一昨日ぶりだね」

私はママから許可をも貰った後、すぐにマネージャーに電話を入れた。すると、翌日の午前中に時間を取ってくれて、私は朝から深河プロダクションのミーティングルームを訪れていた。

「それでー、電話でも話したと思うんだけど、そろそろ謹慎解除……どうかな？」

「それは……ねこまちゃん次第よ」

マネージャーは真剣な顔で私を見る。ああ、こんな顔してたんだ。

私はマネージャーの顔を初めて真正面から、見たような気がした。何度も顔を合わせていたはずなのに、とてもそれがおかしくて、思わず口元が緩んでしまう。

「私次第、なら私は絶対に復帰したい。マネージャーはどう考えてるの？」

私はマネージャーの意思を聞くけど、それはわかりきっていた。なぜなら、復帰させたくないなら、一昨日あんなに取り乱すはずがなかったから。

「……せめて、問題を起こさないって信じられるようになるまでは、難しいと思っているわ」

「じゃあ、信じさせてあげる」

私はそう言って立ち上がる。前までなら、ふてくされてそっぽを向けば周りがなんとかしてくれたけど、今は違う。自分がやりたくて、それを応援してくれる人がいる。それだったら、私も全力でやる。失敗しても受け止めてくれる人がいるから、失敗を恐れない。

「だから、私は何をすればいいか教えて、マネージャー」

そして、マネージャーも本当は味方なんだ。だから、私は味方を増やすために、どんなことでもする気持ちだった。

――

「金澤さん！　遂に明日ですよ、ちくわちゃんとモブさんの配信！」

「そうなのよね……私も仕事じゃなきゃリアタイするのに……あー、誰か代わってくれないかな」

犬飼ちくわとモブのコラボ配信前日、仕事を終えた俺は帰り際にそんな話を聞いた。

「二人ともお疲れ様です」

「あ、篠崎さんお疲れ様です。明日は休みでしたよね？」

「え、そうなの？　明日代わりに出てくれない？」

「いや――」

金澤先輩が両手を合わせてお願いしてくるが、残念ながら俺は金澤先輩が目当てにしている配信に出なければならないので、代わるわけにはいかなかった。

「ダメですよ金澤さん。篠崎さんもちくわちゃんのアシスタントであると同時にファンなんですから。みんなリアタイしたいにきまってるんですから――ね？」

「あ、ああ……」

気を利かせてあげましたよ！　と言わんばかりのウインクをして、山中がかばってくれたので、俺はそれに乗っかることにする。

「んー、そっか、悔しいけどどしょうがないわね。その代わり今度モブ君のサイン貰ってきてくれないかしら、ちくわちゃんと幼馴染ならなんとかなるでしょ？　私、最近彼にハマってるの」

「あ、あー一応事務所の制限とかあるから、難しいかも」

サインなんか、そこの日報見ればいくらでもあるんだが、とは言わなかった。多分芸能人が書いてるようなサインだよなぁ……もしかして考えておいたほうがいいんだろうか。

そんなことを考えつつ、そしてめっちゃ悔しがっている金澤さんを視界の隅に捉えつつ、荷物を持って外に出ると、スマホの通知音が響いた。

「ん？」

ポケットから取り出して確認すると、柴口さんからメッセージの通知だった。

『明日の配信に向けて、緊急で話したいことができたの。今から事務所まで来れるかしら？』

緊急で話したいこと……？　一体なんだろうか。俺には見当もつかなかったが、柴口さんがそこまで言うのなら、何か問題が起きたのかもしれない。

「……もしかして」

俺は動画サイトやSNSで新着・急上昇トレンドを見て回るが、そこには特に緊急性を要するような、危険な話題は存在しなかった。良かった、俺とかちくわの炎上案件じゃなかったな。

それなら、少なくとも表向きになっていない問題だな……愛理のほうで何か問題があったのだろうか？　なんにしても、俺は「了解」スタンプだけ返して、バイトの荷物を持ったまま事務所へと向かった。


―


「あっ！　優斗！」

深河プロの社屋に向かう途中、愛理と合流した。一見して何も問題は無いようだが……。

「愛理、大丈夫か？　柴口さんから緊急の用事って聞いたけど」

「ええっ、ボクも同じ要件で送られてきたけど、優斗じゃないの？」

どういうことだ、俺でもなく、愛理でもない。それで緊急の用事……？

「とりあえず……事務所に行くか」

「うん、一体どういうことなんだろう」

俺たちは帰り道を急ぐサラリーマンの人たちを避けながら、深河プロダクションのビルまでやってきた。さすがはストリーマー事務所大手ということで、夜遅いというのに人がまだまだいっぱいいたし、外観からは電気が消えていない部署のほうが圧倒的に多い。

受付で自分たちの名前と柴口さんの名前を出すと、すぐに柴口さんが息を切らして走ってきた。

「はぁ、はぁ……悪いわね、急に呼び出して」

「まあ別に、俺は丁度仕事が終わった後だからいいんだけどさ」

愛理も来る途中での話を聞くかぎり、そこまで忙しくはなくて、明日に備えて休息をとっていたところらしい。

「仕事って……モブ君まだバイトしてるの？　事務所側からアシスタント代は出してるでしょ？」

「急に辞めたら『俺はモブだ』って言ってるようなもんですもん。もう少しゆっくりとフェードアウトしていく予定だから大丈夫ですよ」

そう、深河プロから時々受け取る謝礼と、ダンジョンで手に入る素材の売却益で、俺はなんとか生活できるだけの給料は貰えるようになっていた。だが、それで「はい仕事辞めます」では、周囲にバレる可能性もあるし、人気商売である配信の収益と不安定すぎる売却益だけでは、身体を壊したりとかそういうことを考えると安易に辞められないのだ。

「そう……とりあえず今はそれでいいけど、なるべく早く専念してほしいわね。テイマーなんて世界中探してもそういないんだから、事務所にインタビューとか取材の申し込み、ものすごい来てるのよ」

そういえば、ストリームアカウントのほうも、メッセージがかなり溜まっていたような気がする。正直「スパム鬱陶《うっとう》しいな」くらいしか考えていなかったが、もしかすると取材依頼とかそういうのがたくさんあるのかもしれない。

……まあ、それ受けるとボロが出そうだし、見たところで対応は変わらないんだけど。

「それで、二人を呼んだ理由なんだけど」

エレベーターに乗り込んだところで、柴口さんが口を開く。

「ねこまちゃんと話してほしいの。その上で、配信復帰していいかどうか、あなたたちの意見も聞かせて」

柴口さん自身は、話をする限りは大丈夫だと思うが、自分が贔屓目《ひいきめ》に見ていないかどうか、どうしても不安らしい。

「ああ、わかった」

「うんうん、そういうことならボクたちに任せて！」

俺はともかく、愛理は長くストリーマーとして活躍している。彼女の判断は、参考になりそうだった。

柴口さんに案内された先——いつものミーティングルームの一室で、紬ちゃんはじっとしていた。

「あ、優斗さん！　こんばんは！」

彼女は俺に気が付くと、表情をパッと明るくして挨拶をしてくれた。前回会った時とは打って変わって、配信時みたいな雰囲気を纏っており、俺は息を漏らした。どうやら母親を説得できないという、最悪の事態は避けられたようだ。

「紬ちゃんこんばんは、柴口さんに言われて来たよ」

「ボクも来たよ！」

俺の後ろで愛理が声を上げて、紬ちゃんは愛理にも「こんばんはぁー」と気さくに返事をした。

正直なところ、第一印象としては配信休止前とそう変わらないように見えたが、なぜか危なっかしい雰囲気は鳴りを潜め、彼女が持つ不思議な人懐っこさだけが残っていた。

「ごめんね、明日コラボ配信なのに」

「まあ、大丈夫」

「そうそう！　それよりねこまちゃん、お母さんとちゃんと話せた？」

俺たちが気になっていたのはそこだった。柴口さんが問題にしていない以上、恐らく問題は解決していると思うのだが、一応彼女の口から聞いておきたい。

「うん、ちゃんと話したらわかってくれたっていうか、私が『やりたい』って言ったら、ママは安心したって」

「え、どういうこと……？」

確か、お母さんって危ないことをしている紬ちゃんに、そういうことをしてほしくないって態度じゃなかったか？

「あ、え、っと、本気でやりたいならいいよってこと！」

「なるほど、それならお母さんも応援してくれるね！」

ビシッと親指を立てて愛理がそう言うと、紬ちゃんは「うん！」と元気よく応えた。

「それで、お母さんも応援してくれてるし、早く配信の謹慎期間を終わりたいんだけど……」

なるほど、色々話して成長したんだろうな、と俺はなんとなく感じ取った。

「んー、俺は別にいいんじゃないって思うけど、愛理は？」

「ボクもいいとは思うけど、問題はボクたちが太鼓判を押しても柴口さんの不安は無くならないんだよね」

柴口さん自身が俺たちの判断を参考にすると言ってくれていたが、全面的に信頼するというわけではないだろう。自分の中で「大丈夫だ」という確信があるのなら、俺たちに聞く理由が無いし、不安で聞いたのなら、俺たちが同じ答えを出したところで「俺たちが知らない部分にある懸念材料」に不安を感じることだろう。

「ど、どうかな……？」

「うーん……」

どうやら愛理も同じ考えに至ったようで、困ったようにこちらに視線を向けてきた。そうだよな、ここはどうするべきか……。

周囲を見回したところで、ヒントになりそうな物は全く無い。どう頑張っても名案が思い浮かばないまま、最終的に紬ちゃんを目が合った。

「えっと……？」

紬ちゃんは不安そうな顔でこちらを見ている。そこで俺はあることに気付いた。

「そうか！」

この場にいる全員が紬ちゃんは変わったのか、無事に配信できるかどうか、不安で仕方ないのだ。彼女自身さえも不安に思うほどに。

「優斗？」

「愛理、ちょっと相談なんだけど――」

だとすれば、全員がサポートしてやればいい。そのためのスケジュールは、既に組んであるじゃないか。

――

まさか、この重要なコラボ配信でプレ復帰配信も一緒にやるなんてね。

ねこまちゃんがリスナーに向かって反応を返しているのを見ながら、ボクは優斗の判断は間違っていなかったことを実感していた。

あの提案を聞いた時は、ねこまちゃんと柴口さん、そして勿論ボクも驚いた。この重要な配信でそんな不安要素を入れて大丈夫なのだろうか、そんな疑問を彼に直接ぶつけもした。

――みんな不安に思ってて、気を付けているなら失敗するはずがない。

その質問に、優斗はきっぱりとそう答えた。

ボクだって、ねこまちゃんがとても慎重に考えてくれていることはわかっていたし、柴口さんも全力でバックアップをすることがわかっていた。問題は謹慎前後でねこまちゃんの振る舞いがしっかり変わるかどうかだけ。

そして、それはねこまちゃんが一番不安に思っていることで、不安に思っているからこそ安心できることだった。

だから、ボクたちがすぐ近くにいて、ねこまちゃん自身も襟を正して参加するはずのコラボ配信を選んだのだ。優斗はそこまで考えていたかどうかわからないけど、実際このタイミングで「珠捏ねこま」のプレ復帰を告知できたのは、SNSのトレンドを狙う意味でも、多くの人に見られるという意味でも、ベストだった。

「じゃ、今日は三人でケルベロスに挑んじゃいまーす！　私、モブ君、ちくわちゃんで一人一つ頭を潰せばなんとかなるかな？」

そして、参加してしまえば吹っ切れたのか、ねこまちゃんは自然に振る舞えていた。

『なんか、ねこまちゃん可愛くなった？』

『前みたいに地雷系一歩手前の魅力は無くなっちゃったけど、こっちのが好みだわ』

『謹慎中に一皮剥《む》けたみたいだね』

リスナーからのコメントも上々で、ねこまちゃん自身の持つ魅力に磨きがかかったように感じる。

「えー、可愛くなったってー？　ありがと、私も頑張って成長してるからね！　これからも目を離しちゃ嫌だよっ」

ねこまちゃんはポーズを取って、リスナーにしっかりと答える。その姿からは、昨日までずっと付きまとっていた自信の無さが全く感じられなくなっていた。


――

ダンジョンを奥へと進んでいくと、目の前に大きな扉が現れる。サラマンダー周回の時に何度も見たことがある。この先がボス部屋になっているはずだ。

それにしても――俺は今までのことを思い出す。

ケルベロス……そういえば、ちくわが遺物系装備を拾ったのも、こいつを倒すためにダンジョンに入ってる時だったか、懐かしいなぁ、あの頃はまさか俺が戦う羽目になるとは思わなかった。

「じゃあ、モブ君にねこまちゃん。準備はいい？」

「オッケー！」

「大丈夫です」

俺とねこまはそれぞれちくわにOKサインを出して、武器を構える。俺は毒付与の槍で、ねこまはいくつかのポーションと、休止前に使っていた鎚《つち》ではなく魔法を使うための杖《つえ》だった。

『ちくわちゃんのドラゴンデストロイヤーがどれだけ強いか楽しみ！』

『ねこまも武器替えてるじゃん。どれだけ変わったか見ものだな』

『マンダの初陣期待してるぞ！』

どうやら魔法は、ゾハルエネルギーを効率的に循環させられる触媒があると、効果が増すらしい。俺がいくら火球を使っても拳大の火の玉しか出せないのは、それが原因なんだろうか、とかちょっと考えたが、ねこまは魔法マスタリーが高いため、低レベルの魔法でも威力を出せるっていう話だった。

これから戦うことになるケルベロスは、打ち合わせの時の話を参考にすれば、三つ首の大きな犬っていうのは前提として、炎に耐性を持っていて、三つの首によるコンビネーションが厄介な相手とのことだった。

そういう訳で、俺の装備はサラマンダー素材の物で固めて、武器は火属性を選択しなかった。そして、マンダは残念ながら攻撃には役に立ちそうにないので、コメントで期待されているような戦いはできないかもしれないと、うっすら思った。

「じゃあ、行くよー！」

ちくわが強く扉を押して、内部が徐々に見え始める。

薄暗い部屋から白い煙が地面を這《は》うように溢れ出てきて、何かが焦げた臭いが鼻を衝《つ》く。配信でしか見ていなかったが、ケルベロスの強さが肌身を通して感じられるようになると、足が竦《すく》む思いだった。

「モブ君、頑張ろうね！」

そんな俺の内面を知ってか知らずか、ねこまが声を掛けてくれる。俺はその言葉に静かに頷くと、気を取り直して槍を握り込んだ。

「グルルルルッ……」

扉が完全に開くと、暗闇の中から三つに重なった獣の唸り声が聞こえる。そして、目が慣れ始めると六つの紅く光る目が現れ、次いで暗闇から這い出したように真っ黒な犬のシルエットが浮かび上がる。

その大きさは、さすがにマンダほどではないが十分に大きく、牙の一本が俺の前腕と同じくらいの大きさをしていた。

「ガァッ!!」

「っ!?」

既に警戒態勢に入っていたケルベロスが、大人しく扉が完全に開くのを待つはずがなかった。首一つがなんとか入る大きさまで開いた扉に、ケルベロスの真ん中の頭が突っ込んでくる。

「フリーズバインド！」

「ギャンッ!?」

ねこまの鋭い声で魔法が発動し、ケルベロスの前足が凍り付いて地面に固定される。それによって止まることはなかったが、十分気勢を削ぐことができ、ねこまとちくわは部屋の中へと滑り込んで、二人のコンビネーションで撹乱《かくらん》と挑発を行う。

「ガアァァァッ!!」

三つの頭全てが二人に注意を向けたところで、俺が部屋に滑り込み、モビに指示をして撹乱に加わるように命令する。

「キュイッ」

モビの撹乱により、ちくわとねこまに余裕が出来て、二人は改めて体勢を立て直す。

「さて、勝てるかな……っと」

モビに向けて何度も噛みつきや前足での引っ掻きを繰り出すケルベロスを見て、俺は足に力を込めた。

「っ!!」

槍マスタリーと回避マスタリーはそれなりのレベルに達している。そうであれば、モビの撹乱で注意が削がれている状態まで持ち込めば、ケルベロスの攻撃を捌《さば》いて躱しつつ、俺の槍による攻撃を当てることができるのではないか、俺はそう見込んで黒くて筋肉質なシルエットの魔犬に向かって走り、槍を突き出した。

「バウッ!!」

しかし、槍はケルベロスの胴体をかすっただけで終わってしまう。相手が反応してよけたというのもあるが、毛皮自体の防御力が高く、かなりの切れ味が無いといなされてしまうような感触があった。

「モブ君っ！」

「っ!?」

ちくわの声と、俺の身体が動いたのはほぼ同時だった。

回避マスタリー様様というか、ケルベロスは俺の刺突を躱しざま、首の一つが俺の身体に食いつこうとしており、俺の身体は槍を持ったまま横に倒れて転がり、間一髪その顎門《あぎと》から逃れることができたのだった。

俺が体勢を崩したところで、モビとちくわの撹乱が入り、俺はその隙を突いてなんとか安全圏まで戻ってきた。

「はぁ……危ねえ……」

ちくわとモビにも感謝だな、防具はあるとはいえ、あの獰猛《どうもう》な牙を突き立てられるのは肝が冷える。

「モブ君大丈夫？」

「あ、ああ……」

息を整えたところで、ねこまが声を掛けてくれた。

「ちくわちゃんと協力して、もう少し時間を稼いでね、そしたら私のすごいところ見せちゃうから」

彼女は不敵にそう言うと、杖を両手で持って地面に突き立て、集中を始めた。

『ちくわちゃん頑張れー！』

『モブとモビも攻撃はいまいちだけど、しっかり回避して安定感あるな』

『こりゃ三人パーティでケルベロス倒せるか？』

俺は再び地面を蹴り、ちくわの援護に回る。彼女はケルベロスの頭同士がうまく干渉し合うように立ち回り、リーチの短い双剣で確実にダメージを与え続けていた。

『すげえなちくわ、こないだの配信とは全然違うじゃん。なんでこんな強くなれたんだよ』

そんなコメントが視界の端に入る。俺はそのコメントに「ちくわは元から強かったぞ」と心の中で返答した。

ケルベロスと戦うことになった時、俺は参考のためにちくわの配信を改めて見ていた。

そこでの彼女は、確かに攻撃をろくに行わず、逃げ回っているだけだったが、ケルベロスの攻撃を的確によけ、土埃により疲れと必死さを演出しており、確実にモンスターの動きを見切っている行動をしていた。

「はぁっ!!」

そんな動きができるのだ。撹乱中に傷を負うなんていうことはまずありえない。

むしろ気を付ける必要があるのは俺とモビの行動で、ちくわの性格上、俺がヘマをすれば、彼女は俺のフォローに回る。そうなれば不必要かつイレギュラーな動作が増えるため、ちくわ自身も危険にさらされる。

そうなると二人が倒れる可能性も出てきて、連鎖的にねこままで危険になる。だからこそ俺は、安定を重視した動きをする必要があった。

「キュイッ!」

位置取りを気にしつつ、モビから合図が送られてくる。魔石のストックはあるため、ＡＳＡブラストは発動可能なものの、今は使うつもりはない。なぜかというと、アレは必要以上に目立つし、確実に倒せるタイミングで使うべきだからだ。

「モビっ!!」

だが、支援スキルを使わないわけではない。ケルベロスのヘイトが俺に向いた瞬間、支援スキルを使用して意識を高速化する。

ケルベロスの攻撃を全て紙一重で躱しつつ、最後の噛み付きに合わせて槍を突き出し、片目に突き刺す。

「グォォオオオンッ!!!」

毛皮に覆われておらず、粘膜《ねんまく》がむき出しとなっている部位への攻撃はかなり有効で、槍を引き抜いて支援スキルの効果が切れると、ケルベロスは大きく身体をうねらせて悶絶《もんぜつ》する。

俺が突き刺した部位からは、赤黒い鮮血がほとばしり、どくどくと鼓動に合わせて血液が流れ出している。あの出血量では、槍から分泌される毒素での攻撃は望めそうにないな。

「アイシクルストーム!!」

ケルベロスの三つの頭が一斉に俺へヘイトを向けたところで、ねこまが魔法を発動させる。ゾハルエネルギーによって急速に熱を奪われた大気が渦巻き、それに含まれる氷の結晶がケルベロスの肌を裂き、凍り付かせていく。

「モブ君っ!!」

今だ。ほぼ二人から同時に発せられた合図に俺は待っていましたとばかりにASAブラストを発動させる。今回はモビではなく、マンダが相手となって発動させる。

「グゥウウゥォォォオオ!!!!」

モビが姿を消し、代わりに超大質量のマンダがストレージから飛び出し、俺の武器と融合する。

それは長大な金棒のようになり、凄まじい熱気を纏っていた。

俺はそれをしっかりと握り直し、ケルベロスへと駆けていく。

「うおおおおおおおっ!!」

「ガアアアァァァァッ!!！」

これほどの大質量・高威力の攻撃では火属性耐性など意味をなさなかった。片目を失った頭に全力で打ち込むと、肉の潰れる感触と共に、血飛沫《ちしぶき》が舞う。

「行くよーっ!!」

それを確認して、ちくわは双剣を構え、無事な頭のうち一つを切り落とす。さすがは最終強化までした遺物系装備というべきか、まるで包丁で野菜を切るかのように、鮮やかな切り口を見せて、ケルベロスの首が宙を舞う。

「――っねこまちゃん!!」

「わかってるよっ……ライトニングカイザー!!」

「グガァァアアアアアアアア!!!!」

一瞬オゾンのような匂いがした直後、ケルベロスの残る頭と胴体に向かって、極大の雷が落ちる。

間近に雷が落ちたことから、聴覚が消失し、平衡《へいこう》感覚が狂う。立っていられずに、思わずへたり込んでモンスターがいるはずの方向を見ると、完全に動きを止め、ボロボロになったケルベロスが倒れていた。

『うおおおおおお!!』

『すげえっ！　マジで倒しちまった!!』

『もうこれダンジョンハックガチ路線で数字取れるだろ！』

そして、数瞬後にはARデバイスの裏で数多くの賞賛が滝のように流れ始める。

「――!!　――！」

まだ聴覚は回復していないが、ねこまとちくわが跳ね回ってとても嬉しそうにしている。どうや

ら彼女たちがリスナーの対応をしてくれているらしい。

……だったら、ちょっとくらい任せてもいいか。

俺は全身の力を抜いて、地面にあおむけに倒れる。実を言うとミスできないプレッシャーや、かつてないほど動き回った影響で、体力の限界だった。

そういう訳で俺は、ひっそりと達成感を感じつつ、ぶっ倒れたのだった。

7　エピローグ

朝起きた時、感じたのは馴染《なじ》みの感覚だった。筋肉痛である。念のため二日間休みを貰っていて助かった。だが、今日は昼から愛理たちと待ち合わせがあるので、無理矢理起き上がって身支度をする。

「っ、痛……」

筋肉痛の身体をなんとか動かしながら服を着替えつつ、ストリーマーのファンコミュニティをちらりと確認する。

『いや、昨日の三人すごかったよな。ていうかねこまちゃんの復帰配信が夜からあるのが嬉しすぎるわ』

『ケルベロス倒したし、モブもちくわもねこまももう完全にダンジョンハッカーの仲間入りでしょ』

『ていうかテイマーが強すぎる。ケルベロスの火属性耐性の上からあれだけの威力出すって何よ』

見る限り俺たち三人の配信は結構バズっているらしい。ケルベロスは初心者パーティの登竜門ともいうべきボスモンスターで、倒せれば上位ダンジョンハッカーの仲間入りができるらしい。

何度もこういう表舞台からフェードアウトできないかと考えたが、遂にその願いが永遠にかなわないことを察して、俺は気分が沈むと同時に覚悟が決まるような気がした。

それはなんというか、自暴自棄《じぼうじき》にも似た感覚だったが、不思議と嫌な感じはしなかった。

「はぁ……」

そんな決意をしてみても、やはり身体は痛むわけで、俺はその身体を引きずりながら、家を出発した。


――


いつものファミレス。そこで俺と愛理、そして紬ちゃんと柴口さんが集まっている。昨日の配信が大成功で終わったことによる慰労会という名目なのだが、慰労であればもう少し日にちを空けてほしかった。

「な、なんとか……」

「優斗、大丈夫？」

筋肉痛は腕はもちろんのこと、体幹もかなりこれまでに無いくらい酷使したようで、歩いている間も腰だとか脇腹だとか、もうどこだかわからない場所まで筋肉痛になっていた。

「優斗さん結構身体弱いんですね」

「いや、スーパーの品出しとかやるから、弱いわけじゃないと思うんだが」

事実、金澤さんの代わりに重い荷物を持ったり、そういうことは結構あるのだが、さすがに普段からダンジョンにもぐって鍛えている二人には敵《かな》わない。彼女たちはそんな俺を見ながらピンピンしているので、なおさらその差を感じてしまう。

「ちなみにダンジョン産の物で、これに効きそうなやつってある？」

「回復用のポーションがあるけど……あれ筋肉痛に使うのよくないんですよね。だから頑張って治してください」

紬ちゃんからのそんな宣告を受けて、俺は力なく笑う。

「はぁ、しょうがないか……ところで柴口さん。紬ちゃんはもう配信再開して問題ないですよね？」

「ええ、モブ君とちくわちゃんが近くにいたからかもしれないけど、謹慎前よりもずっと安定してるストリーマーだったわ」

気を取り直して柴口さんに問いかけると、柴口さんは笑顔を見せる。その表情を見た後に紬ちゃんのほうを見ると、彼女は恥ずかしそうにしていた。

「そうだよね、ボクびっくりしちゃった」

「えと、優斗さんとかマネージャーとか……支えてくれる人がいたし、ファンの中にもそう思ってくれてる人いるのかなって、思えたから」

愛理の言葉に、紬ちゃんは肩を竦《すく》めて小さくなる。

どうやら彼女は、愛理が初めから持っていた意識に、ようやく気付けたらしい。

「スパコメとかそういうのも、ただのおこづかいだと思ってたけど、みんな生活がある中でそこから出してくれてるんだよね」

以前の、というか出会った頃の彼女からは絶対に聞けない言葉に、俺は何も返せなかった。

「そうだね、やっぱりボクたち、人気商売だからさ、そういうところは真摯《しんし》にしないとね」

そう言いながら、愛理は俺のほうを見て、手を掴む。

「もちろん、一番助けられてるのは優斗だよ。いつもありがとうね」

「……っ、どうした急に？」

唐突なことに心臓が跳ねる。俺は思わず視線を逸らして短い反応を返した。

「たまには直接感謝を伝えようかなーって」

「いいよ今更」

「あー、照れてるー！」

幸せそうな彼女の言葉に、恥ずかしながら笑みがこぼれる。どんなに頼られても苦じゃないのは、まあ惚れた弱みってやつだな。

「……」

ふと紬ちゃんと柴口さんの視線が気になって、そちらを見る。

「……なんですか？」

「いやー？　べっつにぃ？」

「そうね、いっそカップルストリーマーとして活動してみてもいいんじゃないかしら？　と思っただけよ」

絶対それ炎上するやつじゃん。もっと穏やかに配信を続けられないのか……まあ別に、俺自身は満更じゃないが――。

「えっ⁉　ダメダメ！　ボクと優斗はそういうのじゃないの！」

愛理の態度がこれなので、カップルストリーマーの道はどのみちなさそうである。

「いや……愛理さん。その反応無理が無ぃ？」

「えっ⁉　な、なんのことかなー？」

紬ちゃんが溜息交じりに冷やかして、愛理がとぼけたように目を逸らす。そのやり取りを見て、俺と柴口さんは「仲がいいなぁ」としみじみ漏らすのだった。

特別編　エピローグの後

「さ、料理も来たことだし、食べましょうか」

ディスプレイにかわいい猫の顔が表示されている配膳ロボが注文した品を届けてくれる。

柴口さんがすっすっと手際よく四人分のポタージュスープを取って置いてくれて、その後にテーブルの真ん中にフライドポテトが置かれる。

「わ、ボクここのポテト大好きなんですよね」

「一人用のだと少ないけど、それ以上は山盛りしかないから一人で頼みにくいのよね」

「そうなんですよ。柴口さん、ありがとうございます」

柴口さんにお礼を言いつつ、愛理は箸でポテトをつまむ。確かにここのポテトは、小さい頃からよく食べてたし、値段もお手頃なので学生時代はよくお世話になっていた。

「というか優斗さんと愛理さんって、親しい感じですけど、本当に付き合ってないんですか？」

「げほっごほっ⁉」

愛理は食いかけたポテトを吹き出し、俺は口に含んだポタージュスープが気管に入った。

「こら、ねこまちゃん。本人同士が否定してるんだからそういうこと言わないの」

「えーだってぇ」

まあ確かに、そういう間柄に見えるが……。

「だーからー、ボクと優斗は幼馴染だから仲いいのは当然なんだって！」

「まあ、そういう訳だ。それに、人気商売のストリーマーで彼氏彼女っていうのも、なかなか危ない橋だろ」

「仲いいなら付き合っちゃえばいいのに」

「そうよね。それに今の世論的に、アイドルでもなければそんなスキャンダルにならないわよ。まあ浮気とかしたら別だけど」

「え、そうなんですか？」

紬ちゃんと柴口さんの言葉に、少しの希望を抱く。だったら、もしかすると、俺と愛理の間にもチャンスが――。

「ダメ！　絶対！　まだそういうのは早いから！」

「……そうだな」

顔を真っ赤にして必死に否定する愛理に「ワンチャンあるかも!?」と抱いたわずかな期待が打ち砕かれる。

「ふふっ、ちくわちゃん。本人がいるところでそういうこと言うのはかわいそうよ」

「え……？　あっ！　ごめん優斗！」

傷ついた俺の表情を察してくれたのか、柴口さんがそんなフォローを入れてくれる。愛理はその言葉を聞いて慌てて頭を下げてくれるが、それはもう後の祭りだった。

「いや、いいけど……」

気を使われるほうが惨めになるってやつだ。俺はなんとか気にしないようにしつつ、ポタージュスープを飲む。

それからしばらくはこれからの配信方針などを話していたが、料理が来た段階で、柴口さんがおもむろに立ち上がる。

「ごめん、ちょっとお花摘んでくるわね」

「え、ああ……」

「行ってらっしゃい」

「先食べちゃうよ？」

柴口さんは、紬ちゃんに「お先にどうぞ」と告げて、男女共用トイレに入っていく。

「……」

俺は、そんな柴口さんを目で追いつつ、前々から少し気になっていたことを考えていた。

「優斗、どうしたの？」

「柴口さんは食べてていいって言ってたよ」

「ん、ああ、ごめん」

そう言われて、俺は届いたチーズハンバーグにフォークを刺す。ナイフで切ってから口に運ぶと、肉汁とソースが絡み合った味が口の中に広がる。

……だが、それ以上に俺はあることが気になっていた。液晶の画面欠けが一ピクセルだろうと一度気になるとずっと気になるように、小さいことだからこそ、頭の中に疑問としてどんどん膨らんでいくのだ。

「ねえ、紬ちゃん。次のコラボはいつにしようか」

「うーんどうしようかな、優斗さんも一緒なら考えてもいいんだけど」

「……なあ、二人とも」

楽しげに話す二人に聞いてみることにする。もしかすると、それだけで俺の疑問は解消されるかもしれないのだ。

「柴口さんって、男？　女？」

『え？』

俺の質問に、二人は同じ反応を返す。

「男でしょ？　あんな背が高くてハスキーボイスだもん」

愛理は柴口さんを男だと思っているらしい。確かに俺よりもずっと高い身長で、低音のハスキーボイス、それに中性的なルックスは美男子と言えるだろう。

「ええっ!?　愛理さんおかしいし失礼だよ、女の人でもあのくらいの身長はあるし、あれくらいの身長なら男でも女でも声は低くなるでしょ」

しかしそれとは反対に、紬ちゃんは柴口さんのことを女だと思っているらしい。確かに彼女が言うように、女子バレーボール選手とかあのくらいの身長はあった気がするし、身長が高くなると声が低くなるというのも傾向としてはよくある。

「ああ、俺も女だと思うんだが……」

そして、俺自身も紬ちゃんの意見に賛成だった。なぜなら、柴口さんが男だった場合、道義的におかしくなる部分があるのだ。

「だって、紬ちゃんを深夜に保護した時、柴口さんが迎えに来たんだぞ？　柴口さんも男だったら『異性の未成年を深夜に連れまわす』ってことに何も変わらなくなるだろ」

そう、柴口さんがもし男だとすれば、異性と無断で外泊したという事実は覆《くつがえ》らないのだ。当然柴口さんは女性だと考えるべきだろう。

「あ、優斗さん。そのことについてはちょっと根拠として弱いかも」

「え？」

その反論は予想外の場所からもたらされた。紬ちゃん本人がそれを否定したのである。

「ど、どういうこと？」

「私、あの後マネージャーに家まで送ってもらったんだよね、だから、異性と外泊にはどっちみちならないっていうか」

……ん？　ということは「あえてそういうことをしなければならなかった」ってことか？　だとすると……柴口さんは男？　いや、だが紬ちゃんは未成年、女同士でもそういう対応をしてもおかしくはないな。

「ここのトイレが男女共用じゃなければすぐにわかるんだが……」

「トイレ……？　あっ、それならわかるかも！」

八方塞《ふさ》がりになり、頭を抱える俺に、愛理が声を上げる。

「この前のイベントの時なんだけど、スタッフさん用の仮設トイレが混んでて、女子トイレの列で待ってたんだけどね、柴口さんは男子トイレのほうから出てきたよ」

なるほど、その時を見ていたのなら信憑性は高い。これは男性ということで決まりだろう。

「あ、もしかしてそのイベントって深河ベイサイドシティの港湾地区でやったやつのこと？」

決着がつきかけた時、紬ちゃんが再び口を挟んできた。

「うん、そうだけど……」

「あのイベントの時は……ほら、女性のほうが回転率悪いから、男子用のトイレも半分くらい女子用になってたんだよね。だからそれだけじゃ根拠として弱いっていうか、正確にはわからないんじゃないかな」

話が二転三転するうち、ある程度のことがわかってくる。

まず、ここにいる三人ともが柴口さんの正確な性別を知らない。そして、俺たちが考えていた性別の根拠は簡単に覆ってしまう危ういものだった、ということだ。

「……ここまで来ると、直接聞くくらいしか確実にわかる方法は無いな」

「うん、そうなるね。全然気にしてなかったけど言われてみればボク、柴口さんのこと全然知らないかも」

俺が言うと、愛理もそれに続いて頷いてくれた。

「えー、正直どっちでもいいじゃん。マネージャーはマネージャーだよ」

「いやいや、そうは言うけどな紬ちゃん、こういうのは一回気になり始めるとすごく気になるもんなんだよ」

一方であまり乗り気じゃない紬ちゃんを説得して、なんとか柴口さんの性別を確かめる方向へ話を持っていく。

「たっだいまー……ってあら？　みんなどうしたの？　遠慮なく食べてていいのに」

「えーっと、柴口さんのことで、ちょっと気になることを話しててですね」

俺が先頭を切って話し始める。

「ちょっと失礼なんで、聞いていいか悩むところなんですけど」

「えー、何かしら？　遠慮せずに聞いてちょうだい」

柴口さんは表情を崩さず、笑ったまま席に座って届いた料理に箸をつける。

本人から遠慮はするなという言葉を貰えたので、愛理と目配せをしてから、俺はその質問をする。

「柴口さんって、女性ですよね？」

なるべく気を使いつつ、しかし誤解を与えないように、柴口さんに疑問をぶつけた。

「……はぁ」

俺の質問に、柴口さんは深いため息で答える。

「もう、気にするならもっと他に気になるところあるでしょ。そんなどうでもいいことよりしっかり周りに目を向けなさい」

「えっ……？」

柴口さんはこめかみを押さえつつ、紬ちゃんのほうを指差して言葉を続ける。

「例えば、どうしてねこまちゃんが今までの鎚を使った戦い方から、魔法中心の杖を使った戦い方に変わったかとか、気にするべきところはいっぱいあるでしょ」

確かに、そういえば、紬ちゃんは謹慎前は戦鎚を使った戦闘スタイルで、前線にガンガン出ていた。謹慎中での心変わりは俺たちが間近で見ているから言うまでもないが、戦闘スタイルも変わったのは何か理由があるのだろうか。

「あ、そういえば紬ちゃん。武器替えたんだね。大変だったでしょ」

愛理はそう言って、紬ちゃんをねぎらう。どうやら武器変更にはそれなりの難しさがあるようで、簡単にはできないらしい。

確かに考えてみれば、俺も体験しているように槍マスタリーとかのスキルレベルは、一つ上げるだけでも結構苦労した。それでいてここまで上げるのにはそこまで苦労しないと愛理が言っていたので、もし紬ちゃんの魔法マスタリーが7以上だとすれば、生半可なトレーニングではないと判断せざるを得ない。

「えっと、ちなみに紬ちゃん。魔法のマスタリーはいくつなの？」

俺は恐る恐る紬ちゃんに聞いてみる。ここでLv8なんて言われたら、それほどの努力を何食わぬ顔でこなしている彼女に敬服せずにはいられないだろう。

「ん、えっと、ちょっと待ってね」

そう言って紬ちゃんは自分のスマホを操作して、ステータス画面を確認する。

「えー……っと、あ、Lv7まで上がってる。昨日のケルベロス討伐でスキルレベルが上がってたみたい」

「す、すごいね……」

そう言われて言葉を失う。俺もそれなりに頑張ってきたつもりだったが、槍マスタリーって何レベルだったっけ？　確かLv6とかそこら辺だったような気がする。

……え、ということは紬ちゃんは謹慎期間中俺以上の速さでスキルレベルを上げていたってこと？

「実は私、魔法系なんてやるつもりは無かったんだけど……」

そう前置きをして、紬ちゃんは謹慎中のことを話し始める。

「最初は柴口さんの紹介で受けさせてもらった講習会で『他人の行動がよく見える魔法職になるのが、周囲を見れる人間になるための第一歩』なんて言われちゃって、じゃあ魔法職に転向すれば謹慎すぐ解けるのかなって思って」

確かに、俺も軽く魔法を扱えるからわかるが魔法を使う時は、発動までの間は無防備になるため、周囲の状況を見ておく必要がある。ケルベロス討伐の参考に見たパーティプレイに関しても、魔法職が戦闘指揮をしている場合が多く、全体を見て状況を判断するにはベストなポジションだと言える。

「ん？　でも、正直そこら辺と炎上回避って微妙に噛み合ってないような」

「そうでもないのよ！」

俺が疑問に思ったことを口にすると、柴口さんに強めの口調で否定されてしまった。

「元々鎚とか双剣っていう超近接戦闘をするタイプは、周囲の補助があって当然みたいな戦い方をするのが基本で、味方同士ですらパーティアタックが発生しかねない自己中心的な人がたくさんいるの！　そういう人たちに魔法職をやらせると、協調性が芽生えたり不必要な争いをしなくなったりするのよ！」

「あ、うん……そうなんだ……」

妙に熱のこもった解説に、ちょっと引き気味に反応する。あれ？　でも双剣も超近接戦闘ってことは、愛理も魔法職を経験してたのかな？

「まあ、勿論ちくわちゃんみたいに、最初から周囲のことを考えられる優等生にはそういうのは必要ないんだけどね」

俺の疑問を見透かすように、柴口さんは言葉を続ける。愛理のほうを向くと、彼女は「えへへー」と笑いながらこちらにピースサインをした。

「じゃあ適性も無く、ゼロから魔法職をやるなんて、紬ちゃんは結構頑張ったんだな」

俺が兼業とはいえかなり頑張って上げたスキル以上に上げ切った彼女は忖度《そんたく》なしにすごいことをしたと思う。特に配信を禁止されている間という精神的に不安定な時に、そこまでできたのは彼女が本当に配信業を続けたいと思っていたからだろう。

「うん……そうなんだけど、実は適性が無かったわけじゃないの」

しかし彼女は、俺の言葉に首を小さく振った。

「ダンジョン探索者として登録した頃から、ずっと魔法の適性はあって、スキルはちょっとずつ上がってたの、だから別に、頑張ったわけじゃないの」
「いやいや、紬ちゃん、そんなことないよ。武器と違って魔法はスキルを使えると使いこなせるは
違うからね、ボクが保証する」
確かにそうだ。
例えば槍マスタリーだが、ある程度の受け流しや回避、細かい体重移動などはスキルの補正に
よって無意識に身体が動くようになっている。
だけど、魔法のマスタリーは、その魔法が使えるという証明で、適当なタイミングで魔法を使え
ば、遠慮なくその隙をモンスターに突かれてしまう。
「そ、そうかな……？」
「紬ちゃんは謹慎中に確かに成長したと思う。だから、それは誇っていいんじゃないかな」
自信なさげに話す紬ちゃんを見て、俺は思わずそう言っていた。どうやら、復帰したばかりだか
らか、謹慎前の自信がまだ戻りきっていないようだ。
「そうそう！　紬ちゃんはとっても偉いのよ！　今日の夕方から始まる復帰配信も期待してるから
ね！」
柴口さんが力強く言って、紬ちゃんの手を掴む。紬ちゃんは、そんな柴口さんに「う、うん
……」と困惑気味に応えた。

――


「……」

スマホのアラームが不快な音を奏でて、俺の意識は覚醒する。なんだろう、何か嫌な夢を見ていた気がする。

ええと、確か今日は、バイトをした後に深河プロダクションのオフィスで柴口さんと打ち合わせだったはず。

身体を起こすと部屋は休み前の割には片づいていた。次の休みは随分楽できそうだな。

そう思いつつアラームを切ったスマホの画面を見て時計を確認する。ええと、今は……九時か。

まあそろそろ起きたほうがいいな。パジャマを脱いで伸びをする。シフトが十時からで、移動に十五分はかかるからまあたっぷり三十分くらい使って着替えればいいか。

そういう訳で俺は欠伸《あくび》を堪えつつ出かける準備をするのだった。


「篠崎君、来月のシフトだけど、もうちょっと入れられない？」

「あーすいません。ちょっと来月以降はこれ以上シフト入れるの難しいかもしれないっす」

店長の誘いに、俺は頭を下げる。これ以上シフトを増やしてしまっては、配信頻度に影響が出てしまうし、あまり実際の配信スケジュールと勤怠を連動させると身バレする可能性が高くなる。身バレした結果プライベートが無くなる生活は、正直勘弁してもらいたい。

「そう言わずにさ、朝だけでもなんとかならない？」

「うーん……」

そう言われて、突き返されたシフト表をじっと見ていく。そう遠くない将来、辞めるつもりでいるからそこまで頼られても困るのだが、かといって今まで雇ってくれた恩義もある。なので、できる限りの協力はするつもりだった。

「あ、ここところこの人が少ない時間帯、なんとかなりそうです」

俺はシフトがワンオペになっているところかつ配信に影響が出にくい箇所を指差して店長に伝える。全く問題ないかと言えばそういう訳でもないが、今日は柴口さんとミーティングがあるし、そこで調整すれば問題ないだろう。

「おおっ、ありがとう！　他の箇所も出れそうなところがあればガンガン言ってくれ！」

「あ、はい、考えときます」

言わないんだよなぁ。と心の中で思いつつ、俺は店長を見送った。

「篠崎さん、最近シフト減らしてますよね」

「ん、まあな」

店長がいなくなったことで、遠巻きに様子を見ていた山中が声を掛けてきた。彼は相変わらず週五回、ほぼフルタイムで働いており、さすがと言わざるを得ない。

「ちょっと、新しい仕事を始めて、そっちのほうが稼げるから徐々にこっちの仕事の比重を減らしてるんだ」

「へー、そうなんですか、どんな仕事なんです？」

「えーっと、ちょっと説明しづらい」

まさか、ダンジョン探索者として素材を売って生活する、なんてことは言えるはずもなく。俺はなんとかはぐらかして答える。

「うわー気になるじゃないですか、辞める時には教えてくださいよ」

「あ、ああ……わかった」

人懐っこく笑う山中に一抹の罪悪感を覚えながら、俺は彼の言葉に笑顔を取り繕った。


仕事を終えた俺は、夕飯を済ませてから深河プロダクションの事務所へと向かう。今日は愛理も紬ちゃんも配信を行っており、俺が行った頃には新人のストリーマーが契約関係の打ち合わせをしているくらいしか人が残っていなかった。

「篠崎――あ、モブです。柴口さんと打ち合わせに来ました」

受付の人にそう言って伝えると、すぐに柴口さんがおりてくる。

「お待たせ、じゃあ打ち合わせしましょうか」

「はい」

ミーティングルームに入り、渡された資料に目を通していく。しかしここのミーティングルーム、柴口さんも俺もタバコを吸わないのに灰皿があるのはなぜだろう。しかもガラスのごつごつしたやつで、異様に威圧感があった。

その灰皿を気にしつつ、渡された資料に書かれていることを要約していく。次回のコラボ配信は、この事務所の中堅辺りのストリーマーと行うらしく、俺はその資料を一枚一枚確認していく。割と真面目に活動していて、悪目立ちすることはないが、逆に言うといまいち伸びきれない。そんなタイプのストリーマーだった。

正直なところ、登録者数の伸びで言えば、俺のチャンネルはなかなかすごい勢いで増えているらしい。まあ確かに、日本唯一のテイマーにして、初めて二頭目、しかもボスモンスターをテイムしたのだ。それは物珍しさから登録する人は多いだろう。

だが、恐らくそれは一過性のもので、しばらく経てばみんな飽きるだろうと思っているし、事実柴口さんもそう考えている。

では今、物珍しさで注目が集まっている状況で、俺が何をするべきかというと、登録者が伸び悩んでいる下積み～中堅のストリーマーとコラボし、彼らの登録者と再生数を底上げしてあげることである。

「そういう訳でモブ君、今度してもらうコラボは特に問題は無いと思うけど……また今度、改めて本人も交えて詳細を決めましょう」

「はい、正直なところ、一度も会わずに本番を迎えるわけにもいかないですし……というか、今回の打ち合わせって顔合わせ込みじゃなかったんですね」

俺が素直に疑問を口にすると、柴口さんは少しだけ肩を落として答える。

「ええ、本当はそうしたかったんだけど、ほら、中堅の人たちって兼業することも多いでしょう？　だから、急な用事で来られないことが多いのよ」

なるほど、今の時間帯だと、恐らく残業か何かだろうか。俺自身、柴口さんにその兼ね合いで相談しなければならないので、それを咎《とが》めるつもりは無かった。

「ならしょうがないですね。俺のほうで把握しとかなきゃいけないことって何かあります？」

「特には無いかしら。一応はその資料に書いてあることだけは把握しておいてほしいけど……むしろ何か聞きたいことはある？」

聞きたいこと、何かあるだろうか？　俺は考えを巡らせる。俺がわからなくて、確認しておきたいこと……うーん。

「あ、そういえば、聞きたいことありました」

そうだ、そういえば前聞いた時、うやむやになってしまったことがあった。

「何かしら？　次回までには調べておくわ」

「ああ、いや、そんな重要なことじゃないんですけど……こないだ結局聞きそびれてて」

実際のところ、柴口さんは男なんだろうか、女なんだろうか、あの時は紬ちゃんの話題で流れてしまったから、結局聞くことができなかった。

「柴口さんって、結局性別どっちなん――」

それを聞こうとした瞬間、頭に強い衝撃を受け、意識が漂白される。

冷たい床に倒れ、身体が急速に体温を失っていくのを感じる。身体が動かず、呼吸する気力すらわかない。

「ふふ……」

何が起きたか混乱していると、柴口さんの微笑む声だけが聞こえた。

「聞かなければ、長生きできたのにね」

なんとか視界の隅で捉えたのは、血がしたたり落ちる、キラキラと輝くガラスの灰皿だった。あ、なるほど……この部屋にあった灰皿はタバコを吸うためじゃなくて――。


――


「……」

スマホのアラームが不快な音を奏でて、俺の意識は覚醒する。なんだろう。何か嫌な夢を見ていた気がする。

ええと、確か今日は、バイトをした後に深河プロダクションのオフィスで柴口さんと打ち合わせだったはず……柴口さん？

その名前を思い浮かべると、なぜか頭に靄《もや》がかかったようにはっきりとしない。どうやらまだ頭が起きていないようで、俺は溜息をつきつつ起き上がった。

部屋はいつも通り散らかっていて、次の休みにまたまとめて掃除をする必要がありそうだった。めんどくさいなぁ……。

そう思いつつアラームを切ったスマホの画面を見て時計を確認する。ええと、今は……九時半⁉

「っ⁉」

慌てて俺は立ち上がり、パジャマを脱ぎ捨てる。シフトが十時からで、移動に十五分はかかるから……ギリギリじゃねえか！

スヌーズを全部無視して寝ていた自分にも腹が立つが、今は早く準備を済ませるのが先決だ。そういう訳で俺は大急ぎで出かける準備をするのだった。

あとがき

もし最初にあとがきを読まれる方なら、お手に取っていただきありがとうございます。レジを通していなければ、そのままレジに持って行ってください。もし最後にあとがきを読む方なら、読んでいただきありがとうございます。楽しんでいただけたでしょうか？

奥州寛です。

さて、あとがきというものは、いわゆるエタりとかそういうものもあり、なかなか書く機会が多くないわけで、しかも書籍のあとがきともなると、さらに書く機会などないわけです。あとがきの経験がない僕は「書籍を出す時には『くぅ疲』コピペでも載せてやるか」というようなイキリをしていたわけですが、自分だけで出している書籍ならともかく、多くの人が関わっている本でそれをやる度胸はありませんでした。実際やる度胸もない腰抜けというわけです。

じゃあ何を書くかというと……何を書きましょうかね。作者のエゴが見え透いた自分語りなど見たくはないでしょうし、作品書いていて考えたことでも語りましょうか。多分それなら誰にとっても有益です。

色々と書いている時のこだわりというのはありまして、このキャラクターの元ネタはこれ、このキャラクターは軸にこういうものを持たせよう。みたいなキャラ設定から色々とこだわりを入れてるんですよね、ただこれはですね、内面から書いていくのでイラストレーターさんに発注する時に物凄く苦労するわけです。読者さんから「キャラクターに中身がない」とか「薄っぺらい」とか、そういうことはよく言われるので気を付けて書くんですが、小説書いてて「キャラの見た目が不細工」とか「服装ダサすぎ」ということはぜんぜん言われたことなかったものですから、そこら辺が完全に抜け落ちていました。皆さんは中身だけじゃなく外見までちゃんと考えましょう。

そういう訳で僕はビジュアル方面が水にぬれたトイペより弱いので、イラストレーターさんには感謝しかありません。だって書店に並んだ時の圧が違いますもん。

その話をすると、担当さんや印刷所、各流通とか、色々な人に感謝しなきゃいけないと思います。だって僕一人だと出版とかできないので。

そういう訳で、僕は大人しく普通のあとがきを書きます。面白いあとがきは他の人に任せた！

奥州寛

BKブックス

俺の物欲センサーがぶっ壊れているらしいので、トップ配信者の幼馴染と一緒にダンジョンにもぐってみる

～正体バレたくなくて仮面被ってたら
なぜかクールキャラとしてバズった～

2023年11月20日　初版第一刷発行

著　者　奥州寛《おうしゅうひろし》

イラストレーター　珀石碧《はくいしあおい》

発行人　今 晴美

発行所　株式会社ぶんか社
〒102-8405　東京都千代田区一番町29-6
TEL 03-3222-5150（編集部）
TEL 03-3222-5115（出版営業部）
www.bknet.jp

装　丁　AFTERGLOW

編　集　株式会社 パルプライド

印刷所　大日本印刷株式会社

ISBN978-4-8211-4676-5